저우언라이 어록

周恩来寄语

저우언라이 어록

周恩来寄语

초판 1쇄   인쇄 2019년 11월 22일
초판 1쇄   발행 2019년 11월 26일
발 행 인   김지암(金志岩)
출 판 사   구포(九苞)출판사
출판등록   제2019-000090호

잘못된 책은 바꿔드립니다.
가격은 표지 뒷면에 있습니다.

ISBN   979-11-967586-4-6 (03820)

구포출판사 Tel : 02-2268-9410   Fax : 0502-989-9415   blog : https://blog.naver.com/jojojo4

이 책은 구포출판사가 중국 중국인민출판사와 독점계약으로 본사의 서면 허락 없이는 어떠한 형태나 수단으로도
이 책의 내용을 이용하지 못합니다.

※ 이 도서의 국립중앙도서관 출판시도서목록(CIP)은 서지정보유통지원시스템 홈페이지(http://seoji.nl.go.kr)와
   국가자료공동목록시스템에서 이용하실 수 있습니다.

저우언라이 어록

周恩来寄语

저우언라이 사상 생애 연구회 편

양레이杨磊, 이유승李宥承, 리샤오李晓, 레이차오셴雷超贤
장하오난张浩楠, 자오위자赵羽佳 **옮김**

구포출판사   人民出版社

저우언라이 소개

　　저우언라이 동지는 위대한 무산계급 혁명가, 정치가, 군사전문가, 외교가이며, 중국공산당과 중화인민공화국 주요 지도자 중의 한 명이고, 중국인민해방군의 주요 창설자 중 한 명이며, 중화인민공화국의 건국공신이고, 마오쩌둥 동지를 중심으로 한 1세대 중앙지도부의 핵심 성원이다.

　　1927년부터 저우언라이 동지는 이미 중국공산당 당중앙의 핵심지도자 성원이었으며, 중화인민공화국 건국 이후, 당과 국가의 지도자 요직을 역임하였다. 건국 총리로서 재임 26년 동안 저우언라이 동지는 혁명과 건설시기의 중요한 업무에 참여하면서 당과 인민이 거둔 모든 승리에 심혈을 기울였다.

　　저우언라이 동지는 마르크스주의의 기본 원리와 구체적인 중국 국정 분야의 상호 결합을 중시하여 중국공산당이 혁명과 건설을 선도하는 과정에서 모든 국정의 경험을 총괄하는 데 탁월했고, 중화민족의 우수한 전통문화와 세계문명으로부터 지혜를 얻어내는 데 뛰어났다. 그뿐만 아니라 "실사구시(實事求是)" 이론을 이념으로 당의 노선 방침과 정책을 심도 있게 해석하는 데도 특출했다. 저우언라이 동지는 정치, 경제, 문화, 사회, 군사, 외교, 통일전선 및 당의 건설 등 모든 영역에서 이론적 성과를 거두었으며, 마오쩌둥 사상의 형성 및 발전에도 기여하였다. 개혁개방을 주창하던 시기에는 중국공산당의 중국 특색 사회주의 이론체계가 형성해 가는 과정에 사상적인 가르침을 제시해 주기도 하였다.

2018년 3월 1일 저우언라이 동지 탄생 120주년 좌담회에서 시진핑 중국공산당 당중앙 총서기 겸 국가 주석 겸 중앙군사위원회 주석은 중요한 연설을 하였는데, 이때 시 주석은 "저우언라이, 이 이름은 영광스러운 이름이고 불후의 이름입니다. 우리는 이 이름을 생각할 때마다 온정을 느끼게 되고 자랑스러워집니다." 라고 말했다. 또한 시진핑 주석은 다음과 같이 말했다.

　　"저우언라이 동지가 반세기 넘게 분투해 온 인생 역정은 중국공산당이 초심을 잃지 않고 마음속 깊이 사명감을 새겨놓은 축소판이고, 중국이 잉태, 탄생, 성장하면서 높은 국제적 위상을 확보케 한 축소판이며, 중국 인민들이 스스로 선택한 혁명과 건설 도상에서 고난에 찬 탐색과 부단한 개척의 과정이었으며, 개선가를 부르며 전진해 온 역사의 축소판이다. 저우언라이 동지는 근대 이래 중화민족의 위대한 큰 별이자 중국공산당 당원으로서 불후의 깃발이다."

　　시진핑 주석은 "6개의 훌륭한 본보기"로 저우언라이 동지를 높이 평가하면서 이렇게 말했다. "초심을 잃지 않고 신념을 굳게 지키는 모범, 당에 충성을 다하고 대세를 지키는 모범, 인민을 사랑하고 인민을 위하여 부지런히 일하는 모범, 자기 혁명을 하면서 끊임없이 분투하는 모범, 과감하게 일을 맡아 국가를 위해 온 힘을 다하는 모범, 자기 자신을 엄격히 단속하고 청렴한 모범이다."

저우언라이의 생애

저우언라이(1898~1976)는 본적이 저장성(浙江省) 사오싱(紹興)이고, 1898년 3월 5일 장쑤성(江蘇省) 화이안(淮安)에서 출생하였다. 1917년 일본으로 건너가 유학하고, 1919년 4월 귀국하여 5·4운동에 참여하였다. 1920년 다시 "근공검학(勤工儉学)" 제도를 통해 유럽으로 가서 일하면서 공부하였다. 1921년 중국공산당에 가입한 후 1924년 가을에 귀국하여 1927년 중국공산당중앙전적위원회(中共中央前敵委員會) 주요 구성원으로서 8·1난창 봉기(南昌起義)를 주도하였다. 1928년 중국공산당 제6기 중앙위원회 제1차 전체회의에서 중앙정치국 상무위원으로 선출되고 나서 중국공산당중앙조직부 부장, 중앙군사위원회 서기로 활동했다. 1934년 10월부터 시작된 대장정에 참가하였고, 1935년 1월 구이저우성(貴州省) 쭌이(遵義)에서 열린 중국공산당 중앙정치국확대회의에서 중국공산당 당중앙의 주요 군사지도자로 선정되었다. 1945년 중국공산당 제7기 중앙위원회 제1차 전체회의에서 중앙정치국 위원, 중앙서기처 서기로 선출되었다. 1946년 이후에는 중국공산당 중앙군사위원회 부주석 겸 참모총장을 역임했다. 중화인민공화국이 건국되고 나서, 저우언라이는 줄곧 정부의 총리를 지냈으며, 1949~1958년에는 외교부장관을 겸임했다. 또한 중국공산당 제 8, 9, 10기 중앙정치국 상임위원, 제 8, 10기 중앙부주석, 중앙군사위원회 부주석 및 전국정치협상위원회 제1기 부주석, 제 2, 3, 4기 주석으로 당선되었다. 저우언라이는 중대한 외교적 의사결정을 입안하고 수행하는 데 직접 관여했다.

1953년 저우언라이는 인도대표단을 접견하는 자리에서 처음으로 평화공존 5원칙을 제시했다. 1954년에는 중국 대표단을 이끌고 제네바회의(日內瓦會議)에 참석했다. 1955년 반둥회의(萬隆會議)에서는 평화공존 및 식민주의에 반대할 것을 주장했고, 구동존이(求同存異: 일치하는 것은 취하고 다른 것은 잠시 유보함). 방식으로 협상일치를 이루자고 제창했다. 그는 아시아, 아프리카, 유럽 등 수십 국가를 차례로 방문하여 세계 각국의 지도자들이나 우호 인사들과 활발하게 교류하면서 중국인민과 세계인민 간의 우의를 증진하고 중국의 국제적 영향을 확대하는 데 중요한 기여를 하였다. 1976년 1월 8일 저우언라이는 병환으로 베이징에서 서거했다. 그의 주요 저작물은《저우언라이선집(周恩來選集)》,《저우언라이군사문선(周恩來軍事文選》,《저우언라이 통일전선 문선(周恩來統壹戰線文選) 》,《저우언라이 청년시대 시집(周恩來青年時代詩集) 》등의 서적에 수록되어 출간되었다.

CONTENTS

周恩来寄语
저우언라이 어록

저장성 사오싱시에 위치한 저우언라이 가문의 조상이 대대로 거처했던 집.
浙江绍兴周恩来祖居

– 리스강, 리스둥, 류하이룽 그림

장쑤성 화이안시에 위치한 저우언라이가 거주했던 집.
江苏淮安周恩来故居

- 리스강, 리스둥, 류하이룽 그림

1911년, 저우언라이는 선양시 둥관모범학교에 다닐 때
"중화민족의 부흥을 위해 공부하겠다"는 뜻을 세웠다.

1911年, 周恩来在沈阳东关模范学校上学时,
立下 "为中华之崛起而读书" 的志向。

– 리스강, 리스둥 그림

중화민족의 부흥을 위해 공부하겠다.

(1911년)

爲華中之起崛而讀書。

(1911年)

《저우언라이가 난카이중학 재학시절에 지은 글》 4쪽.

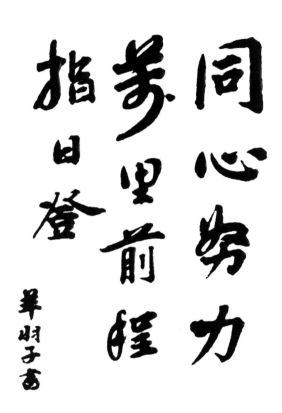

同心努力

芳里前程

指日登

華煦子書

1913년, 저우언라이가 둥관모범학교를 졸업할 때 동창생 귀스닝에게 써 준 글.

1913年，周恩来从东关模范学校毕业时给同学郭思宁的题词

— 리스강, 리스둥 그림

한마음으로 힘을 쏟으면 만 리 길도
단숨에 다다를 수 있다.

(1913년 봄)

同心努力，万里前程指日登。

(1913年 春)

《저우언라이 제사 집해》 4쪽.

선양시 둥관모범학교의 옛터.
沈阳东关模范学校旧址

- 리스강, 리스둥 그림

周恩来寄语
저우언라이 어록

부지런히 공부하면 평생 도움이 될 것이요,
모든 사람이 근면하면 나랏일도 해결될 것이다.

(1914년 봄)

求学贵勤,
勤则一生之计足矣 ;
人人能勤,
则一国之事定矣。

(1914年 春)

《저우언라이가 난카이중학 재학시절에 지은 글》4쪽.

天津南開學校

一生之計在於勤論

丁二班周恩來

四

1914년 봄, 저우언라이가 난카이중학교 재학시절에 썼던
〈"평생의 계획은 근면함에 달려 있다"를 논함〉의 육필 원고.

1914年春, 周恩来在南开学校读书时写的作文《一生之计在于勤论》手稿。

"사회를 위해 일하고, 국가를 위해 헌신하며,
 열심히 공부하여, 세상에 공헌한다."

(1914년 봄)

作事于社会,
服役于国家,
以其所学,
供之于世。

(1914年 春)

《저우언라이가 난카이중학 시절에 지은 글》 4쪽.

난카이중학 재학시절의 저우언라이.
在南开学校读书时的周恩来

— 리스강, 리스둥 그림

"뭇사람이 할 수 있는 것이면
나도 당연히 할 수 있다."

(1914년 봄)

凡人之所能为者,
己即能为之。

(1914年 春)

《저우언라이가 난카이중학 시절에 지은 글》9쪽.

난카이중학 본관
南开学校主楼

– 리스강, 리스둥, 류하이룽 그림

周恩来寄语
저우언라이 어록

희망이란 무엇인가? 사람의 뜻이다.

(1915년 4월)

希望者何 ? 志是也。

(1915年 4月)

《저우언라이가 난카이중학 시절에 지은 글》29쪽.

1915년 4월, 저우언라이가 난카이중학 재학시절에 지었던 글
〈친구에게 온 편지 "학업은 어떻게 되고 있는지"에 답하다〉의 육필 원고.

1915年4月，周恩来在南开学校读书时写的作文
《答友询学问有何进境启》

학업은 모든 일의 근본이다.

(1915년 9월 29일)

学者，事业之基。

(1915年 9月 29日)

《저우언라이가 난카이중학 시절에 지은 글》 43쪽.

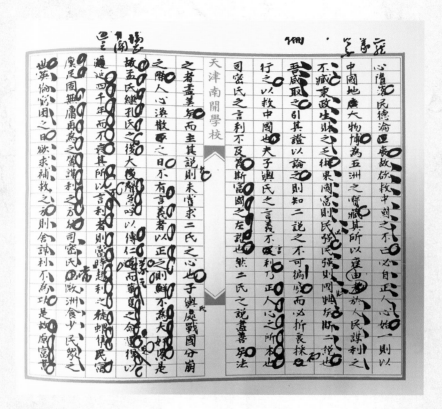

1915년 가을, 저우언라이가 난카이중학 재학시절에 썼던 〈맹자는 문명의 이익을 말하지 않았지만 아담 스미스는 즐겨 언급했다. 두 사람 중 누구의 말이 맞을까? 절충되었으면 한다〉의 육필 원고.

1915年秋，周恩来在南开学校读书时写的作文
《子舆氏不言利，司密氏好言利，二者孰是，能折衷言之欲》手稿。

"나라가 부유하면 국민도 반드시 강해지고,
 국민이 강하면 나라도 흥하는 법이다."

(1915년 가을)

国富则民必强，民强则国斯兴矣。

(1915年 秋)

《저우언라이가 난카이중학 시절에 지은 글》 54쪽.

난카이중학을 다니던 시절의 저우언라이.
在南开学校读书时的周恩来

- 리스강, 리스둥 그림

"인민의 덕성과 삶,
두 가지 모두 다 중요하며
모두를 동시에 잡아야 이롭다."

(1915년 가을)

民德民生, 双峰并峙, 两利皆举。

(1915年 秋)

《저우언라이가 난카이중학 시절에 지은 글》 55쪽.

1915년 겨울, 저우언라이가 난카이중학에서 공부했을 때, 쓴 육필 원고
《아무리 어렵다 해도 나라는 굳건히 지켜야만 한다고 논함》.

1915年冬，周恩来在南开学校读书时写的作文
《或多难以固邦国论》手稿。

강해지기 위해 분발하고,
스스로 일어날 수 있도록 뜻을 세워야 한다.

(1915년 겨울)

"发愤以图强, 立志以自振。"

(1915年 冬)

《저우언라이가 난카이중학 시절에 지은 글》63쪽.

1916년 2월, 저우언라이가 난카이중학 재학시절에 쓴 육필 원고
《강권에 의한 교육은 무익하다》.

1916年2月，周恩来在南开学校读书时写的作文
《论强权教育之无益》手稿。

교육의 핵심은 계발에 있다.

(1916년 2월)

"教育之道, 在于启发。"

(1916年 2月)

《저우언라이가 난카이중학 시절에 지은 글》 92쪽.

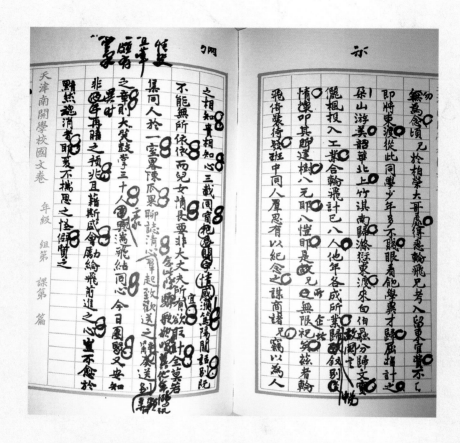

1916년 9월, 19일 저우언라이가 난카이중학 재학시절에 쓴 육필 원고
《멀리 떠나는 친구에게 보내는 편지》.

1916年9月19日，周恩来在南开学校读书时写的作文
《致同学饯友启》手稿。

"사람이 서로 알아갈 때 가장 중요한 것은
서로 마음이 통하는 것이다."

(1916년 9월 19일)

"人之相知，贵相知心。"

(1916年 9月 19日)

《저우언라이가 난카이중학 시절에 지은 글》 110-111쪽.

1916년, 저우언라이가 난카이중학 재학시절에 지은 글《모름지기 지금의 정체는 유신이나, 마음을 다스림에 따르는 것이 중요하고, 그 뜻을 펼 수 있도록 해야 한다》의 육필 원고.

1916年，周恩来在南开学校读书时写的作文
《方今政体维新，贵由迹治心，试申其义》手稿。

"올바른 마음은 세상만사의 바탕이다."

(1916년)

"正心者，万事之基也。"

(1916年)

《저우언라이가 난카이중학 시절에 지은 글》 150쪽.

1920년 10월, 유럽으로 떠나기 전의 저우언라이.
1920年10月，旅欧前的周恩来。(李世刚、李世东绘)

- 리스강, 리스둥 그림

"시간은 빠르게 흐르고, 세월은 사람을 기다려 주지 않는다.
 오직 안락함만을 추구한다면,
 평생 아무것도 이룰 수 없고, 인생을 망치게 된다."

(1917년 1월)

"时光易逝,
 岁不我与,
 勿徒耽安乐,
 以自暴弃。"

(1917年 1月)

《저우언라이가 난카이중학 시절에 지은 글》154쪽.

1917년, 일본으로 유학을 떠나는 저우언라이.
1917年, 周恩来赴日本留学。

— 리스강, 리스둥, 류하이룽 그림

"인민은 국가의 주인이다."

(1917년 5월 2일)

人民, 国家之主人也。

(1917年 5月 2日)

《교풍》제63기.

1917년 8월 30일, 저우언라이가 졸업하면서 동창에게 써 준 글.
1917年8月30日，周恩来在毕业之际赠予同学的题词。

"뜻을 사방에 펼쳐라."

(1917년 8월 30일)

"志在四方。"

（1917年 8月 30日）

《저우언라이 제사 집해》 4쪽.

願相會於中
華騰飛世界時

周翔宇題贈

1917년 8월 30일, 저우언라이가 동창 궈스닝에게 준 글
1917年8月30日，周恩来为同学郭思宁题词。

"중화가 세계로 웅비할 때 만나길 바란다."

(1917년 8월 30일)

愿相会于中华腾飞世界时。

(1917年 8月 30日)

《저우언라이 육필 선집》

"무릇 천하의 사람이, 진정한 재능을 갖추고 있으면 반드시 교양이 있고 겸손할 수 있다. 어떤 일을 하기로 정했으면 꼭 해야 하며, 전력을 다해서 해야 하고, 이해득실을 따지지 말아야 한다."

(1918년 2월 6일)

大凡天下的人，有真正本事的，
必定是能涵养，能虚心，
看定一种事情，应该去做的，
就拼命去做，不计利害。

(1918年 2月 6日)

《일본 체류 시절 저우언라이의 일기》

"물론 성패는 사람이나 일을 판단하는 기준이 될 수 없다. 사람이 살아 있을 때 성공할 수 있다고 굳게 믿으며, 고통스럽다고 낙심하거나, 작은 성공으로 교만해서는 안 된다.
……
큰 뜻을 품고 있는 사람이 나라를 구하려 한다면, 사회에 힘을 쏟아야 한다."

(1918년 2월 6일)

成败固然是不足论事,
然而当着他活的时候,
总要想他所办的事成功,
不能因为有折磨便灰心,
也不能因为有小小的成功便满足。
……
有大志的人,
便想去救国,
尽力社会

(1918年 2月 6日)

《일본 체류 시절 저우언라이의 일기》

1917년 9월, 저우언라이는 일본 유학 길에 오르며 칠언시인 〈대강가파도두동〉* 을
지었다. 이 시에서 청년 저우언라이는 원대한 혁명의 포부를 드러냈다.

1917年9月，周恩来赴日本求学途中创作七言诗《大江歌罢掉头东》。在诗中，
青年周恩来抒发了远大的革命志向。

___

* "소동파의 호기로운 〈염노교·적벽회고〉 를 부르고 나서 고개를 돌려 일본으로 유학을 떠나네." 라
는 뜻으로, 정교하고 다양한 학문들을 연구하여, 세상을 가난에서 구해내겠다는 의지를 담은 시.

"내가 평생 부끄럽게 여기는 것은
'사람들이 뜻을 세우고도 실천하지 않는 것' 이었다."

(1918년 2월 11일)

我平生最烦恶 (nǜ) 的是平常人立了志向不去行。

(1918年 2月 11日)

《일본 체류 시절 저우언라이의 일기》

"첫째, 생각은 지금보다 더 참신하게,

둘째, 실행은 지금 가장 참신한 일을,

셋째, 배움은 가장 현실적이어야 해야 한다.

사상은 자유롭고,

실행은 착실하고,

학문은 진실해야 한다."

(1918년 2월 11일)

第一, 想要想比现在还新的思想;

第二, 做要做现在最新的事情;

第三, 学要学离现在最近的学问。

思想要自由,

做事要实在,

学问要真切。

(1918年 2月 11日)

《일본 체류 시절 저우언라이의 일기》

"나는 내가 믿는 사상을, 신념을 바꾸지 않겠으며,
 굳건히 널리 알리기 위해 노력하겠다."

(1922년 3월 1일)

我认的主义一定是不变了，
并且很坚定地要为他宣传奔走。

(1922年 3月 1日)

《저우언라이 서신 선집》

1921년 봄, 저우언라이(왼쪽 둘째), 입당 추천자인 장선푸(오른쪽 첫째),
류칭양(오른쪽 둘째) 부부, 친구와 독일 베를린 반제 호수에서.

1921年春, 周恩来（左二）与他的入党介绍人张申府（右一），
刘清扬（右二）夫妇及好友在柏林万赛湖。

- 리스강, 리스둥 그림

"농사를 짓지 않고 어떻게 수확할 수 있단 말인가? 혁명의 씨앗을 뿌리지 않고 공산의 꽃이 피기를 바랄 수는 없다. 붉은 깃발이 휘날리는 꿈만 꾸면서, 깃발에 선혈을 뿌리지 않으니, 천하에 이처럼 값싼 일이 어디에 있겠는가?"

(1922년 3월 1일)

没有耕耘，哪来收获？
没播革命的种子，却盼共产花开！
梦想赤色的旗儿飞扬，
却不用血来染他，
天下哪有这类便宜事？

(1922年 3月 1日)

《저우언라이 서신 선집》

1924년, 황푸군관학교 정치부 주임으로 재직할 당시 저우언라이.
1924年，担任黄埔军校政治部主任时的周恩来。

- 리스강, 리스둥, 류하이룽 그림

청년 시절의 저우언라이와 덩잉차오.
青年时期的周恩来与邓颖超

- 리스강, 리스둥 그림

중국공산당 6차대회 비서실 옛터—모스크바 51농장 건물. 1928년 여름, 저우언라이는 모스크바로 건너와 이곳에서 대회에 참가했다.

中共六大秘书处办公楼旧址—莫斯科五一农场大楼。1928年夏，周恩来赴莫斯科在此出席中共六大。

– 리스강, 리스둥, 류하이룽 그림

心语

마음속의 말 I

"우리는 나라를 위해 싸우다가
죽은 열사들 앞에서 눈물 흘리는 것보다
그분들의 유지를 확고히 이어받는 게 더 절실하다.
열사들의 핏자국을 밟으며 끊임없이
앞을 향해서 노력하고 투쟁하자!"

(1929년 9월 14일)

《저우언라이 서신 선집》

我们在死难的烈士面前，

不需要流泪的悲哀，

而需要更痛切更坚决地继续着死难烈士的遗志，

踏着死难烈士的血迹，

一直向前努力，

一斗争！

（1929年 9月 14日）

대장정 시기 산시성 북부 옌안에 도착한 저우언라이.
长征到陕北后的周恩来

- 리스강, 리스둥 그림

1936년 4월, 저우언라이와 장쉬에량의 회담 장소인 푸스(현 옌안) 성당.
1936年 4月，周恩来与张学良会谈地点—肤施。

— 리스강, 리스둥, 류하이룽 그림

"뜻이 이루어지지 않으면, 죽음이 따를 뿐이다."

(1936년 5월 15일)

前志未遂，后死之责。

(1936年 5月 15日)

《저우언라이 서신 선집》

서안사변 시기의 저우언라이.
西安事变期间的周恩来

- 리스강, 리스둥 그림

"우리 중국 청년들은
구국의 사업에서 민족 부흥뿐만 아니라,
미래 국가 건설의 책임까지도 맡아야 한다."

(1937년 12월 31일)

我们中国的青年，
不仅要在救亡的事业中复兴民族，
而且要担负起将来建国的责任。

(1937年 12月 31日)

《저우언라이 선집》

"우리 청년들에게는 오늘만 있는 게 아니라,
원대한 미래도 있다."

(1937년 12월 31일)

我们青年不仅仅有今天,
而且还有远大的未来。

(1937年 12月 31日)

《저우언라이 선집》

"오직 미래의 승리를 확신하면서,
현실의 어려움을 극복하기 위해 열심히 노력하는 것이,
중화민족의 위대한 정신 요소이다."

(1937년 12월 31일)

只有坚信未来之胜利,
同时又努力克服现实的困难,
而艰苦奋斗,
这才是中华民族之伟大精神要素。

(1937年 12月 31日)

《저우언라이 문화 문선》

엔안에 거처하던 당시 저우언라이와 마오쩌둥.
周恩来和毛泽东在延安

- 리스강, 리스둥 그림

1939년 3월 29일, 저우언라이가 왕더화이에게 써 준 제사.
1939年3月29日，周恩来为王德怀题词。

"청소년기는 황금기이다.
 공부하고, 공부하며, 또 공부해야 한다."

(1939년 3월 29일)

青年是黄金时代,
要学习、学习、再学习。

(1939年 3月 29日)

《저우언라이 육필 선집》

"순금은 불에 달궈져도 두려워하지 않으니,
  거센 불길 속에서 단련해라!"

(1939년 3월 29일)

真金不怕火来磨，要到烈火中去锻炼！

(1939年 3月 29日)

《저우언라이 제사 집해》

1939년, 저우언라이가 소련에 가서 팔을 치료하기 전 옌안에서.
1939年，周恩来赴苏联治疗臂伤前在延安。

– 리스강, 리스둥 그림

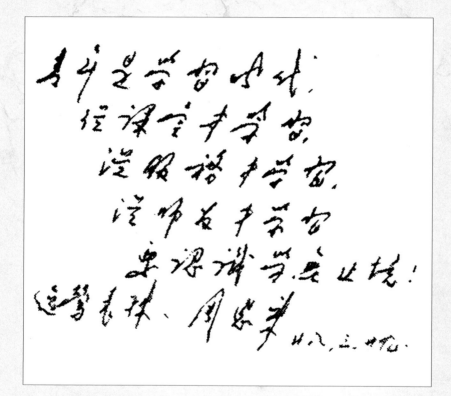

1939년 3월 29일, 저우언라이가 왕이잉에게 써 준 제사.
1939年3月29日，周恩来为王逸莺题词。

"청년시절은 공부하는 때다. 교실에서 배우고, 봉사하면서 배우고,
선생님과 친구에게 배워라. 학문에는 끝이 없음을 알아야 한다."

(1939년 3월 29일)

青年是学习时代,
从课堂中学习,
从服务中学习,
从师友中学习,
要认识学无止境！

(1939年 3月 29日)

《저우언라이 제사 집해》

"원칙을 지키는 정신이 있어야 하고, 대중을 믿는 역량이 있어야 하고, 배울 줄 아는 정신도 있어야 하고, 강인한 분투정신도 있어야 한다."

(1943년 4월 22일)

要坚持原则精神。

要相信群众力量。

要有学习精神。

要有坚韧的奋斗精神。

(1943年 4月 22日)

《저우언라이 선집》

"아무리 어렵고 곤궁한 상황에 처하더라도, '죽어도 변치 않는 정신' 으로 공산주의를 위하여 끝까지 분투하겠다.

(1943년 8월 8일)

在任何艰难困苦的情况下,
都要以誓死不变的精神为共产主义奋斗到底。

(1943年 8月 8日)

《저우언라이 연보(1898-1949)》

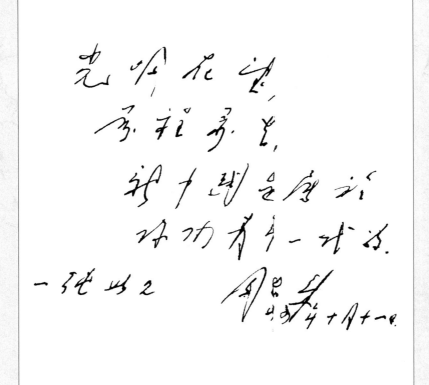

1945년 10월 11일, 저우언라이가 장이춘에게 써 준 제사.
1945年10月11日，周恩来为张一纯题词。

"광명이 눈 앞에 있고, 전도가 양양하다.
 신중국은 그대들 청년 세대에 속하는 것이다."

(1945년 10월 11일)

光明在望,

前程万里,

新中国是属于你们青年一代的。

(1945年 10月 11日)

《저우언라이 제사 집해》

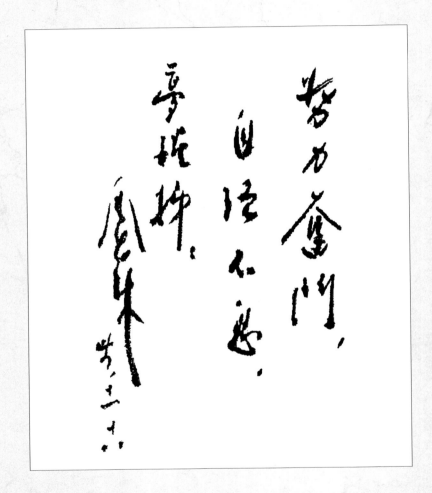

1945년 11월 18일, 저우언라이가 랴오멍싱에게 써 준 제사.
1945年11月18日，周恩来为廖梦醒题词。

"노력분투, 자강불식"

(1945년 11월 18일)

努力奋斗，自强不息。

(1945年 11月 18日)

《저우언라이 제사 집해》

거처할 당시의 저우언라이.
周恩来在延安。

- 리스강, 리스둥, 류하이룽 그림

"청년을 가진 자에게 미래가 있다."

(1945년 12월 10일)

谁有青年，谁就有未来。

(1945年 12月 10日)

《해방일보》

"사람은 마땅히 이상을 품어야 한다.
이상이 없는 생활은 앞을 못 보게 되는 것과 같다."

(1946년 4월 28일)

人是应该有理想的,
没有理想的生活会变成盲目。

(1946年 4月 28日)

《문췌》 제31기.

"대중의 생활 속으로 들어가야

비로소 경험을 얻을 수 있고,

역량이 생길 수 있다.

이것이 바로 생활 실천의 참뜻이다."

(1946년 4월 28일)

到人民中去生活,

才能取得经验,

学到本事,

这就是生活实践的意义。

(1946年 4月 28日)

《문췌》제31기.

"인생은 분투해야만 생존할 수 있다."

(1946년 6월 11일)

人生赖奋斗而生存。

(1946年 6月 11日)

《저우언라이 서신 선집》303쪽.

1946년, 메이위안신춘 30번지 정원에서 저우언라이와 덩잉차오.
1946年, 周恩来和邓颖超在梅园新村30号院内。

- 리스강, 리스둥, 류하이룽 그림

"소처럼 부지런히 일하고,

일치단결하며,

죽을 때까지 인민을 위해 봉사해야 한다."

(1946년 10월 19일)

应该象条牛一样努力奋斗,

团结一致,

为人民服务而死。

(1946年 10月 19日)

《저우언라이 선집》 상권, 241쪽.

해방전쟁 시기의 저우언라이.
解放战争时期的周恩来

- 리스캉, 리스둥, 류하이룽 그림

"용감하게 고난에 맞서서
'인민 노선'을 지키는 한
우리는 반드시 어려움을 극복해 내고,
승리를 향해 나아갈 수 있다."

(1946년 12월 31일)

只要我们敢于面对困难，
坚持人民路线，
我们必能克服困难，
走向胜利。

(1946年 12月 31日)

《저우언라이 서신 선집》371쪽.

"우리가 우리 민족을 사랑하는 것이
바로 우리 자신감의 원천이다."

(1949년 4월 17일)

我们爱我们的民族,
这是我们自信心的源泉。

(1949年 4月 17日)

《저우언라이 선집》 상권, 323쪽.

"청년에게 패기가 넘치면
사소한 일에 매달려도 연구할 수 있으며
신문물을 받아들일 수 있다.
이것들은 모두 청년들의 장점이며,
앞으로도 발양해 나가야 한다.

(1949년 4월 22일)

青年人富有朝气,
可以抓住很小的事情加以研究,
能够接受新鲜事物。
这些都是青年的优点,
今后要发扬起来。

(1949年 4月 22日)

《저우언라이 경제 문선》 8쪽.

"청년은 반드시 겸손해야만 하지, 오만하면 안 된다."

(1949년 4월 22일)

青年人一定要非常谦虚，不要骄傲。

(1949年 4月 22日)

《저우언라이 선집》 상권, 328쪽.

"자기 자신에게는 힘써 독려하고, 엄격해야 하며, 타인에게는 관대
해야 한다. 엄격함으로써 자신을 바로잡고, 관대함으로써 타인을
대해야 한다."

(1949년 4월 22일)

对自己应该自勉自励,
应该严一点,
对人家应该宽一点,
"严以律己, 宽以待人。"

(1949年 4月 22日)

《저우언라이 선집》상권, 328쪽.

"다른 사람의 좋은 의견을 받아들여야만
사상이 더 발전할 수 있다."

(1949년 4월 22일)

把人家的好意见吸取过来,
思想才能更发展。

(1949年 4月 22日)

《저우언라이 선집》상권, 329쪽.

"우리는 반드시 여러 방면의 의견을 귀담아 듣고, 시비를 분별해야 하는데, 청년 시절부터 바로 이렇게 사고력을 키워나가야 한다."

(1949년 4월 22일)

我们必须听各方面的意见,
辨别是非,
从青年的时候起,
就培养这样的思考力。

(1949年 4月 22日)

《저우언라이 선집》 상권, 329–330쪽.

"사람이 방에만 앉아서 고루하고 과문하고, 이렇게 하면 안 된다. 천군만 마 중에서도 사람들과 교류하려고 애써야 한다. 사람을 설득하고 교육하 며 다른 사람을 따라 배워야 한다. 수많은 사람과 단결하여 함께 투쟁하 는 것, 이것이야말로 용기가 있다고 할 만하다. 이런 사람이야말로 큰 용 기가 있다고 할 수 있다. 우리 청년들은 이러한 태도를 키워야 한다."

(1949년 4월 22일)

一个人坐在房子里孤陋寡闻，

这样不行，

应该在千军万马中敢于与人家来往，

说服教育人家，向人家学习，

团结最广大的人们一道斗争，

这样才算有勇气，

这种人叫做有大勇。

我们青年很需要养成这种作风。

(1949年 4月 22日)

《저우언라이 선집》상권, 330쪽.

"청년들은 공허한 말을 해서는 안 되고, 행동으로 옮겨야 한다."

(1949년 5월 7일)

我们青年人不是要空谈，而是要实行。

(1949年 5月 7日)

《저우언라이 선집》 상권, 336쪽.

"잘못은 피할 수 없다 해도, 되풀이해서는 안 된다.
곤두박질을 몇 번 겪어 보지 않은 청년이 없고, 못에 몇 차례 찔려
보지 않은 청년도 없다. 난관에 부딪쳤다고 해서 기가 죽을 필요는
없는 것이다."

(1949년 5월 7일)

错误是不可避免的,
但是不要重复错误。
青年人没有不栽几个筋斗的,
没有不碰几个钉子的。
碰了钉子后,
不要气馁。

(1949年 5月 7日)

《저우언라이 선집》상권, 342-343쪽.

"우리는 세계 각국에서 좋은 것이라면 다 받아들여야 하지만,
이런 것들이 중국의 대지에 씨앗처럼 뿌리를 내리고
굳건히 자라면서 중국의 것으로 바뀌어야만,
비로소 힘을 얻게 되는 것이다."

(1949년 5월 9일)

我们应该从世界各国吸取一切好的东西，
但必须让这些东西像种子一样在中国土壤上扎根，
生长壮大，
变为中国化的东西，
才能有力量。

(1949年 5月 9日)

《저우언라이 문화 문선》381쪽.

心语
마음속의 말 Ⅱ

"단결이 곧 힘이고,
단결을 해야 우리의 모든 임무를 실현할 수가 있다."

(1949년 7월 23일)

《저우언라이 선집》 상권, 365쪽.

团结就是力量,

团结起来才能够实现我们的一切任务!

(1949年 7月 23日)

"국가 대사에는 반드시 참여하여 그 내막을 알아야 한다. 모든 사람마다 국가 대사에 참여하여 내막을 아는 습관을 들이도록 해야 한다."

(1949년 12월 22일)

国家大事必须与闻,
应该使每个人有与闻国家大事的习惯。

(1949年 12月 22日)

《저우언라이 선집》 하권, 2쪽.

인민의 창조력은 무궁하다.

(1949년 12월 23일)

人民的创造力是无穷的。

(1949年 12月 23日)

《저우언라이 선집》하권, 13쪽.

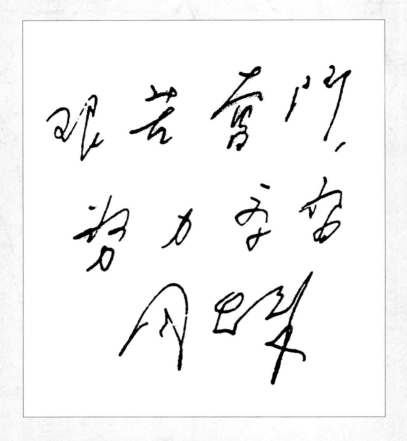

1950년 2월 17일, 저우언라이가 소련에서 유학하는 학생에게 준 제사.

1950年2月17日，周恩来为留苏学生题词。

힘차게 분투하고, 열심히 공부하자.

(1950년 2월 17일)

艰苦奋斗，努力学习。

(1950年 2月 17日)

《저우언라이 제사 집해》124쪽.

1950년 6월, 저우언라이가 정치협상대표들과 함께 국휘
(국가를 상징하는 휘장) 방안을 토론하는 모습.
1950年6月，周恩来同政协代表一起讨论国徽方案。

– 리스강, 리스둥, 류하이룽 그림

과학은 실제로부터 총결되어 나오는 체계적인 지식이며,
객관적인 진리이다.

(1950년 6월 8일)

科学是从实际中总结出来的系统知识,
是客观真理。

(1950年 6月 8日)

《저우언라이 선집》 하권, 16쪽.

실제적인 일을 하려면 이론적인 지도가 있어야,
비로소 맹목적이고 계획 없이 함부로 하지 않게 된다.

(1950년 6월 8일)

实际工作要有理论的指导,
才不会盲目乱撞。

(1950年 6月 8日)

《저우언라이 선집》하권, 17쪽.

학습이론은 실천을 반복해야
비로소 자기 것이 될 수 있고,
깨달음이 더욱 깊어질 수 있는 것이다.
그러므로 실천을 경시하게 되거나,
혹은 실천과 이론의 대립이 일어나게 하는 것은,
모두가 잘못된 것이다.

(1950년 6월 8일)

学习理论需要反复实践,
才能掌握得更准确,
领会得更深刻。
所以, 忽视实践的一面,
或者把实践和理论对立起来,
都是不对的。

(1950年 6月 8日)

《저우언라이 선집》하권, 18쪽.

이상은 필요한 것으로,

그것은 우리를 위해 나아갈 방향을 제시해 주기 때문이다.

그러나 이상은 반드시 현실적으로 노력 분투하는 가운데서만, 실현
될 수 있다.

(1950년 7월 11일)

理想是需要的,

它可以为我们指出前进的方向,

但是理想必须从现实的努力奋斗中才能实现。

(1950年 7月 11日)

《저우언라이 교육 문선》 14쪽.

오늘날의 현실은 뜻대로 하기에는 너무나 부족하다.
그러나 뜻대로 되는 현실은 우리 모두가 공동적으로 창조해 가는
것이 필요하다.

(1950년 7월 11일)

今天的现实是不够美满的,
但是美满的现实需要我们大家共同去创造。

(1950年 7月 11日)

《저우언라이 교육 문선》 14-15쪽.

모든 사물은 모두가 모순과의 투쟁 속에서
변증법적으로 발전하는 것이다.
우리가 일을 하고자 하지만,
반드시 필수적으로 곤란에 봉착할 수 있다는 점을 대비해야
곤란을 극복할 수 있는 것이다.
청년들은 응당 이러한 용기가 있어야 한다.
따라서 제일 중요한 것은 용기가 있어야 하는 것이고,
두 번째는 지혜를 얻을 수 있어야 한다.
용기만 있고 지혜가 없으면 비록 좋은 것은 아니지만,
그러나 만일 용기마저 없다면
아무런 방법조차 세울 수 없기 때문이다.

(1950년 7월 11일)

《저우언라이 교육 문선》 17쪽.

一切事物都是在矛盾斗争中辩证地发展着的。

既然我们要工作,

就必须准备迎接困难,

克服困难。

青年人应当有这样的勇气。

第一要有勇气,

第二才能产生智慧。

有勇无智固然不好,

但如果连勇气都没有,

那就毫无办法了。

(1950年 7月 11日)

한 사람이라도 풍부한 용기가 있기를 원한다,
그래야만 감히 곤란함을 받아들일 수 있고,
곤란함으로 자신을 연마하여,
자신을 성숙하게 할 수 있는 것이다.

(1950년 7월 11일)

《저우언라이 교육 문선》17쪽.

一个人也要这样富有勇气，

敢于接受困难，

让困难来磨练自己，

使自己成熟起来。

(1950年 7月 11日)

周恩来寄语
저우언라이 어록

깨달음이 있는 사람은
여러 가지 일을 많이 하기를 원하고,
여러 사람을 위해 많이 헌신하며,
다른 사람의 비판을 많이 듣는다.
우리들은 비판이 고쳐지기만을 바라고
더욱 힘써 이를 극복하려는 태도는 보이지 않는다.
만일 얼굴이 붉으락푸르락하며 화를 내면서,
비판을 받아들이지 않으면,
수양을 하지 않았기 때문이다.

(1950년 7월 11일)

《저우언라이 교육 문선》 20쪽.

有觉悟的人,

就要多做事情,

多为大家服务,

多听取别人的批评。

我们对批评要抱着有则改之,

无则加勉的态度。

如果脸红脖子粗,

不接受批评,

就是没有修养。

(1950年 7月 11日)

청년들은 자신을 부단히 연마해야 한다.

루쉰은 대문호지만,

그는 아무리 사소한 일이라고 해도 하나도 소홀히 하지 않았다.

예를 들면,

그는 청소년의 모든 기고문은 한 글자 한 글자마다

모두 자세히 교열했고, 신중하게 수정했다.

우리는 이러한 정신을 배워야 하고, 이러한 정신으로

한 점 한 방울의 작은 일들을 해 나가야만 한다.

(1950년 7월 11일)

《저우언라이 교육 문선》 21쪽.

青年人要不断地磨练自己。

鲁迅是大文学家，

但对任何一件小事都不苟且，

例如他对青年的来稿就是每一个字都仔细校阅，

认真修改的。

我们要学习这种精神，

要从一点一滴的小事做起。

(1950年 7月 11日)

중난하이 시화팅.
中南海西花厅

- 리스강, 리스둥, 류하이룽 그림

방향과 목표는 확정되었다.
그러나 그 길을 우리는 한 걸음 한 걸음씩 나아가야만 한다.

(1950년 8월 24일)

方向和目标是确定了，
但道路是要我们一步一步去走的。

(1950年 8月 24日)

《저우언라이 선집》하권, 23쪽.

단결을 잘하는 사람은
공통점 상에서 모순을 잘 통일하는 사람이다.

(1950년 8월 24일)

善于团结的人,
就是善于在共同点上统一矛盾的人。

(1950年 8月 24日)

《저우언라이 선집》하권, 29-30쪽.

일이 너무 순조롭게 이루어지면,
사람을 갈고 닦을 수 없다.

(1950년 9월 14일)

一帆风顺是不能磨炼人的。

(1950年 9月 14日)

《저우언라이 경제 문선》 65쪽.

우리는 반드시 이러한 태도와 결심이 있어야 한다. 즉 착오를 범하면, 곧바로 검토를 해서, 착오의 근원을 알아내야 하고, 행동하는 가운데서 착오를 올바르게 고쳐야 한다. 착오를 범한 경험이 있으면, 그 잘못을 저지르는 일을 줄여서, 같은 잘못을 또다시 저지르지 않게 피할 수 있다.

(1951년 9월 29일)

我们应该有这样的态度和决心,

即犯了错误,

就检讨,

认识错误的根源,

在行动中改正错误。

有了犯错误的经验,

就可以少犯以致避免再犯同样的错误。

(1951年 9月 29日)

《저우언라이 선집》하권, 60쪽.

자신이 실천한 경험은 가장 값진 것이고,
가장 쓸모 있는 것이다.

(1951년 9월 29일)

自己实践的经验是最可宝贵的,
最有用处的。

(1951年 9月 29日)

《저우언라이 선집》하권, 67-68쪽.

배움의 길에서는 어떤 문제에 의심을 품는 태도가 바람직하다. 왜냐하면 진리는 단번에 사람들에게 받아들여지는 게 아니기 때문이다. 진리는 논쟁을 하면 할수록 더 명확해진다. 그래서 우리는 의심을 겁내지 않는다.

(1951년 9월 29일)

在学习中,
对某一个问题持怀疑的态度是可以的,
因为真理并不是一下子就能被人们接受的。
真理愈辩愈明,
我们不怕怀疑。

(1951年 9月 29日)

《저우언라이 선집》 하권, 70쪽.

"한 사람의 진보는 본인 스스로 인식할 때까지 기다리고 나서야
가장 믿을 만하다."

(1951년 9월 29일)

一个人的进步要等他自觉地认识以后才最可靠。

(1951年 9月 29日)

《저우언라이 선집》하권, 70쪽.

"인민을 위해 헌신하는 것은 바로 우리 나라를 위해서, 우리 민족을 위해서, 우리의 아름다운 장래를 위해서, 인류의 밝은 미래를 위해 전진하는 것과 똑같다."

(1951년 9월 29일)

为人民服务也就是为我们的国家,

为我们的民族,

为我们美好的将来,

为全人来光明的前途服务。

(1951年 9月 29日)

《저우언라이 교육 문선》 52쪽.

"사람에게서 가장 어려운 것은 자기 자신을 인식하는 것이다. 자기 자신을 잘 아는 현명함이 있어야 진보의 바탕이 생기기 때문이다."

(1951년 9월 29일)

人最难的是认识自己。
有了自知之明,
就有了一个进步的基础。

(1951年 9月 29日)

《저우언라이 교육 문선》 57쪽.

마오쩌둥 주석과 저우언라이 총리
毛泽东主席和周恩来总理在一起

- 리스강, 리스둥 그림

"사람은 항상 남의 단점을 잘 보고, 자기 자신의 장점도 잘 본다. 그러나 거꾸로 남의 장점을 많이 보고, 자신의 단점을 많이 보아야 한다. 그러면 자기 자신이 진보 발전할 수 있을 뿐만 아니라, 다른 사람이 진보 발전하는 데도 도움이 될 수 있다."

(1951년 9월 29일)

人总是容易看到人家的短处，
看到自己的长处。
应该反过来，
多看人家的长处，
多看自己的短处。
这样不仅能使自己进步，
也能帮助别人进步。

(1951年 9月 29日)

《저우언라이 교육 문선》63쪽.

"지금은 인민을 위하여 열심히 공부하고,
 미래의 혁명을 위하여 많이 공헌해야 한다."

(1953년 5월 24일)

现在为人民好好学习,
将来为革命多做贡献。

(1953年 5月 24日)

《저우언라이 문화 문선》 409쪽.

"학생들은 출국 후 몸을 잘 관리하고, 공부를 열심히 하며,
규칙을 잘 지켜야 한다."

(1953년 7월 25일)

同学们出国后要做到身体好，学习好，纪律好。

(1953年 7月 25日)

《저우언라이 교육 문선》 81쪽.

"당과 인민은 위대하고, 우리 개개인은 미미하다."

(1954년 2월 10일)

党和人民是伟大的，我们个人是渺小的。

(1954年 2月 10日)

《저우언라이 선집》하권, 125-126쪽.

사람은 품성·지식·신체·심미 등 방면에서 균형 있게 발전해야 한
다. 불균형적으로 발전하면 반드시 결함이 있게 마련이다. 이것은
개인이 능력을 발휘하는 데도 영향을 줄 뿐만 아니라, 국가에도 이
롭지 못하다.

(1954년 2월 21일)

每个人要在德、智、体、美等方面均衡发展,
不均衡地发展,
一定会有缺陷,
不仅影响个人能力的发挥,
对国家也不利。

(1954年 2月 21日)

《저우언라이 선집》하권, 129쪽.

1955년, 저우언라이는 인도네시아 반둥에서 열린 제1차 아시아·아프리카 회의에 참석했다.

1955年，周恩来在印度尼西亚万隆出席第一次亚非会议。

- 리스강, 리스둥, 류하이룽 그림

"사람들에게 존중을 받으려면 먼저 사람들을 존중해야 한다."

(1955년 4월 27일)

要得到人家尊重，首先要尊重人家。

(1955年 4月 27日)

《저우언라이 교육 문선》139쪽.

1956년 11월, 동남아시아를 방문한 저우언라이.
1956年11月，周恩来访问东南亚。

– 리스강, 리스둥 그림

"용감하게 모든 국가의 장점을 배우려는 것은 가장 자신감이 넘치고 자존심이 있다는 표현이다. 이런 민족은 반드시 스스로 강해질 수 있는 민족이다."

(1956년 5월 3일)

敢于向一切国家的长处学习,
就是最有自信心和自尊心的表现,
这样的民族也一定是能够自强的民族。

(1956年 5月 3日)

《저우언라이 경제 문선》256쪽.

"무릇 우리가 모르는 것이라면, 다 배워야 한다.

다만 독립적으로 사유하고,

맹목적으로 남을 따르지 않으며, 미신을 믿지 않는 것,

이 한 가지만은 기억해야 한다."

(1956년 5월 3일)

凡是我们不懂不会的,

都要去学。

但有一条;

要独立思考, 避免盲从, 不要迷信。

(1956年 5月 3日)

《저우언라이 경제 문선》 257쪽.

"분투해야만
살 길이 열릴 것이고,
분투하지 않으면
살아남을 수 없다."

(1956년 5월 17일)

只要奋斗,
就有出路;
不奋斗,
就无法生存。

(1956年 5月 17日)

《저우언라이 선집》 하권, 194쪽.

"동서고금으로 배울 만한 것들이 많으니 다 배워야 하고,
　배척해서는 안 된다."

(1956년 5월 17일)

古今中外都有好东西，都要学，不要排斥。

(1956年 5月 17日)

《저우언라이 선집》하권, 196쪽.

"우리 사회주의 국가의 인민들은 노동의 소중함을 알고,
 노동을 사랑해야 한다. 이것은 아주 중요한 것이다."

(1957년 3월 24일)

我们社会主义国家的人民要懂得劳动的可贵,
要热爱劳动,
这是很重要的一点。

(1957年 3月 24日)

《저우언라이 교육 문선》145쪽.

"노년 세대는 우리를 키워 주었으니, 우리는 노년 세대에게 반드시
효도를 다해야 한다."

(1957년 3월 24일)

老一代曾经哺育我们成长,
我们就应该赡养他们。

(1957年 3月 24日)

《저우언라이 교육 문선》146쪽.

"수천 년 전부터 노동자들은 끊임없는 투쟁으로 각고분투하고, 어떤 희생도 두려워하지 않는 훌륭한 전통을 이룩했다. 우리는 이런 전통을 계승하고, 사회주의 건설의 길목에서 더욱 발전시켜 나가야 한다."

(1957년 3월 24일)

几千年前,
劳动人民不断斗争,
形成了一种艰苦奋斗、
不怕牺牲的优良传统。
我们应该继承这种传统,
并在社会主义建设中发扬光大。

(1957年 3月 24日)

《저우언라이 교육 문선》148쪽.

농사를 짓고 있는 저우언라이.
周恩来在田间劳动

- 리스강, 리스둥 그림

"집안일은 사회노동의 일부분이다.
 집안일을 돌보는 것도 영예로운 일이다."

(1957年 9月 26日)

家务劳动是社会劳动的一部分，
参加家务劳动也是光荣的。

(1957年 9月 26日)

《저우언라이 경제 문선》 145쪽.

1958년 9월, 카이루안 탄광의 갱내에서 작업 진행상황을 보고받고 있는 저우언라이.
1958年 9月，周恩来在开滦煤矿井下了解作业情况。

– 리스강, 리스둥, 류하이룽 그림

"국민의 힘은 이길 수 없는 것이다."

(1959년 12월 14일)

人民的力量是不可战胜的。

(1959年 12月 14日)

《저우언라이 통일전선 문선》399쪽.

1961년 초, 허베이성 한단시에서 조사 연구를 하고 있는 저우언라이.
1961年年初, 周恩来在河北邯郸地区调查研究。

– 리스강, 리스둥, 류하이룽 그림

"비판할 때는 장소에 주의해야 하고, 마음도 가라앉혀야 한다.
 사실을 열거하며 이치를 따지는 방식으로 진행해야 한다."

(1960년 7월 14일)

批评要注意场合,
要心平气和,
摆事实,
讲道理。

(1960年 7月 14日)

《저우언라이 선집》하권, 302쪽.

"개인이 처한 환경은 늘 제한적이라서, 여러 관점에서 문제를 살펴야
한다. 한 사람의 인식은 늘 한계가 있으므로, 다른 의견을 많이 들
어야만 문제 해결에 유리하다."

(1961년 3월 19일)

个人所处的环境总有局限性,
要从多方面观察问题；
一个人的认识总是有限的,
要多听不同的意见,
这样才利于综合。

(1961年 3月 19日)

《저우언라이 선집》하권, 313-314쪽.

"우리는 한 세대가 한 세대를 뛰어넘는다고 믿는다. 역사발전 과정
에서 현재는 고대보다 늘 낮지만, 고대에서도 계승할 만한 가치는
늘 있게 마련이다."

(1961년 6월 19일)

我们相信一代胜过一代。
历史的发展总是今胜于古,
但是古代总有一些好的东西值得继承。

(1961年 6月 19日)

《저우언라이 선집》하권, 343쪽.

기내에서 업무에 열중하고 있는 저우언라이.
周恩来在飞机上工作

– 리스강, 리스둥, 류하이룽 그림

"잘못을 인정했으면 고쳐야 한다.

 인정만 하고 고치지 않으면, 빈말이 될 것이다."

(1962년 3월 2일)

承认了错误还要改。

只承认错误,

不去改正,

还是空话。

(1962年 3月 2日)

《저우언라이 선집》 하권, 367쪽.

인생은 유한하지만, 지식은 무한하다.

(1962년 3월 2일)

人生有限，知识无限。

(1962年 3月 2日)

《저우언라이 교육 문선》하권, 368쪽.

"사람에게는 결점이 있기 마련이다. 이 세상에 완벽한 사람은 없고 앞으로도 없을 것이다. 사물은 항상 모순이 있다. 모순이 있으면 사물의 발전을 촉진시킬 수가 있는데, 발전을 멈추면 멸망하게 될 것이다."

(1962년 3월 2일)

人总是有缺点的，
世界上没有完人，
永远不会有完人。
事物总是有矛盾的，
有矛盾就能促进事物发展，
如果停止发展，
就会灭亡。

(1962年 3月 2日)

《저우언라이 선집》 하권, 368쪽.

베이징 미윈 저수지를 시찰하고 있는 저우언라이.
周恩来在北京密云水库

- 리스강, 리스둥, 류하이룽 그림

心语
마음속의 말Ⅲ

"하루 하루의 객관적 존재는 사람의 머릿속에 반영된다.
이와 같은 사유과정에서 서로 다른 의견이 생기게 된다.
자기 자신이 인정했다가 나중에 다시 부정할 수도 있다.
이렇게 보면 맞는데 저렇게 보면 안 맞는 것도 있다.
따라서 여러 각도에서 완전히 살펴본 후에야 전체를 파악할 수가 있
는 것이다."

(1962년 4월 18일)

《저우언라이 선집》 하권, 389-390쪽.

每天的客观存在，
反映到人的头脑里面，
在思维的过程中，
经常有不同的意见产生。
自己肯定了的东西，
后来自己又否定了。
这样看对了，
那样看又不对了，
几个侧面看完全了，
才掌握了全面。

(1962年 4月 18日)

"조급하고 경솔하게 일을 처리하지 말고,
반드시 신중하게 해야 한다."

(1962년 5월 11일)

办事不能急躁,
不能草率,
必须谨慎从事。

(1962年 5月 11日)

《저우언라이 선집》하권, 408쪽.

"우리는 어떤 문제에 직면했을 때 두려워하는 마음이 있어야 한다.
이것은 후퇴하거나 낙담하는 게 아니라, 일을 신중하게 처리하기
위해서다."

(1962년 5월 11일)

我们应该有临事而惧的精神。
这不是后退,
不是泄气,
而是戒慎恐惧。

(1962年 5月 11日)

《저우언라이 선집》 하권, 409-410쪽.

소년선봉대와 함께 있는 저우언라이.
周恩来和少先队员在一起

- 리스강, 리스둥, 류하이룽 그림

"우리가 과학·지식·실천을 모두 중시한다고 해서, 모든 사람이 모든 일을 다 알 수는 없다. 그래서 과학인재를 존중해야 하고, 그들에게 전문 분야를 맡겨야만 하는 것이다."

(1962년 12월 24일)

我们讲重视科学、重视知识、重视实践，
是说每个人不可能懂得所有的事情，
因此要尊重科学人才，
请他们办某些专门的事情。

(1962年 12月 24日)

《저우언라이 경제 선집》 501쪽.

向雷锋同志学習
僧爱分明的階級
立場
言行一致的革命
精神
公而忘私的共産
主義風格
奮不顧身的無産
階級鬥志

周恩来

레이펑 동지에게서 그의 분명한 계급적 입장, 언행일치의 혁명정신,
공이망사(공적인 일을 위하여 사사로운 일을 잊음)의 공산주의 태
도, 분불고신(헌신적으로 분투함)하는 무산계급의 투지를 배우자.

(1963년 3월 6일)

向雷锋同志学习憎爱分明的阶级立场，言行一致的革命精神，
公而忘私的共产主义风格，
奋不顾身的无产阶级斗志。

(1963年 3月 6日)

《저우언라이 선집》 하권, 417쪽.

1963년 4월 베이징 위촨산에서의 저우언라이.
1963年4月周恩來在北京玉泉山

- 리스강, 리스둥 그림

"고달픈 상황을 견디며 검소하게 생활하는 자세가
우리의 미덕이 되도록 노력하자"

(1963년 5월 29일)

要使艰苦朴素成为我们的美德。

(1963年 5月 29日)

《저우언라이 선집》하권, 427쪽.

"우리는 절대로 간부의 자제들이 인민의 부담과 사회발전의 장애가 되지 않도록 해야 한다. 간부의 자제를 엄격하게 대하고 잘 관리하는 것은 그들을 더 좋은 방향으로 나아가도록 도와주는 것이다."

(1963년 5월 29일)

我们决不能使自己的子弟成为人民的包袱,
阻碍我们的事业前进。
对于干部子弟,
要求高,
责备严是应该的,
这样有好处,
可以督促他们进步。

(1963年 5月 29日)

《저우언라이 선집》 하권, 427쪽.

"우리는 몸과 마음을 다하여 공산주의 사업에 주된 노력을 기울이고, 인민의 어려움을 이해하며, 전 세계의 앞날을 생각해야 한다. 이렇게 하는 것은 개인의 정치적인 강한 책임감과 고결한 정신을 북돋우는 것이다."

(1963년 5월 29일)

我们应该把整个身心放在共产主义事业上,
以人民的疾苦为忧,
以世界的前途为念。
这样, 我们的政治责任感就会加强,
精神境界就会高尚。

(1963年 5月 29日)

《저우언라이 선집》하권, 427쪽.

"절약이 없으면 적립도 없고, 미래도 없다."

(1963년 7월 22일)

没有勤俭就没有积累，

没有积累，

就没有将来。

(1963年 7月 22日)

《저우언라이 교육 문선》209쪽.

"어떠한 학문과 재능도 결국은
기초적인 훈련부터 시작해야 한다."

(1963년 7월 22일)

任何一门学问,
任何一种本事,
总是有基本训练的。

(1963年 7月 22日)

《저우언라이 교육 문선》 209쪽.

"개인이 자신의 문제를 생각하지 않는 것은 불가능하지만, 조금도 요구하지 않는 것은 비현실적이다. 그러나 생각해 보면 국가의 요구와 당의 호소에 호응하고, 당과 국가의 이익에 따르면 이러한 모순을 해결할 수 있다."

(1963년 7월 22일)

一个人一点不想个人的问题是不大可能的；
要求一点不想，也是不现实的。
但是，经过考虑之后，
想到国家的要求、党的号召，
就能服从党和国家的利益，
这样矛盾就解决了。

(1963年 7月 22日)

《저우언라이 교육 문선》 215쪽.

"어떤 사람이라도 집단을 떠나면 살 수가 없다. 사람이 어떤 지위에 자리하고 있든, 책임이 얼마나 크든, 한 집단에서는 다른 사람에게 감독과 관리를 받게 마련이다. 이것은 단체생활에서 중요한 원칙이다."

(1963년 7월 22일)

任何一个人都不能离开集体；

任何一个人，

不管他的地位多高，

责任多大，

都要在集体中受到监督，

都要有人管。

这是集体生活中的一条重要准则。

(1963年 7月 22日)

《저우언라이 교육 문선》216쪽.

"사람은 태어나서부터 세상을 알고 있는 게 아니라 배워서 알게 되는 것이다."

(1963년 7월 22일)

不是生而知之，而是学而知之。

(1963年 7月 22日)

《저우언라이 교육 문선》216쪽.

"청년은 패기와 왕성한 투지가 필요하다. 또한 일과 공부를 할 때도
어려움을 참고 이겨내는 굳센 정신도 필요하다."

(1963년 7월 22일)

我们青年要有朝气,
要有旺盛的斗志,
要有顽强的工作精神、
刻苦的学习精神和吃苦耐劳的精神。

(1963年 7月 22日)

《저우언라이 교육 문선》 221쪽.

1964년 10월, 버라이어티 뮤지컬 역사극 〈둥팡훙〉을 인민대회당에서 상연했다.
저우언라이는 〈둥팡훙〉의 총감독을 맡았다.

1964年10月，大型音乐舞蹈史诗《东方红》在人民大会堂演出。
周恩来被称为《东方红》的"总导演"。

– 리스강, 리스둥, 류하이룽 그림

周恩来寄语
저우언라이 어록

"문제를 관찰할 때는 전반적인 국면을 연관지어서 전체적인
 관점에서 살펴야 한다."

(1964년 12월 18일)

观察问题总要和全局联系起来,
要有全局观点。

(1964年 12月 18日)

저우언라이 선집 하권, 427쪽.

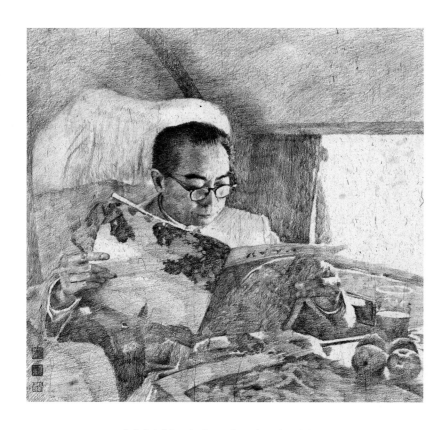

기내에서 《민족화보》를 읽고 있는 저우언라이.
周恩来在飞机上阅览《民族画报》

– 리스강, 리스둥, 류하이룽 그림

"머리가 뜨거울 때는 한 면만 보고, 다른 면은 중시하지 않거나 소홀히 하게 되어 문제를 변증법적으로 볼 수가 없다. 그 원인은 제대로 인식하지 못했기 때문이다. 인식이 부족하면 문제를 중시하는 태도 역시 저절로 부족해지고, 처해 있는 자리도 어울리지 않으며, 주변 관계도 잘 처리하지 못하게 된다."

(1964년 12월 18일)

头脑热的时候,
总容易看到一面,
忽略或不太重视另一面,
不能辩证地看问题。原因就是认识不够。
认识不够。
自然就重视不够,
放的位置不恰当,
关系摆不好。

(1964年 12月 18日)

《저우언라이 선집》하권, 438쪽.

1965년 6월, 국방과학기술위원회 기지를 시찰하고 있는 저우언라이.
1965年6月，周恩来视察国防科工委某基地。

– 리스강, 리스둥, 류하이룽 그림

"외국을 배울 때는 동시에 창조정신과 부합해서 배워야 한다."

(1964년 12월 21일)

学习外国必须同独创精神相结合。

(1964年 12月 21日)

《저우언라이 선집》하권, 441쪽.

"과감하게 생각하고, 과감하게 말하며, 과감하게 실행하는 혁명정신 뿐만 아니라, 실사구시의 과학적 태도를 제창해야만 한다."

(1964년 12월 21일)

既要提倡敢想敢说敢做的革命精神,
又要提倡实事求是的科学态度。

(1964年 12月 21日)

《저우언라이 선집》하권, 442쪽.

"과학성과 예측 가능성은 수많은 실천과 인식 과정에서 향상된다."

(1964년 12월 25일)

科学性和预见性是要从多次实践,
认识中得到提高到。

(1964年 12月 25日)

《저우언라이 문화 문선》하권, 648쪽.

아시아·아프리카·라틴 아메리카의 친구와 함께 있는 저우언라이.
周恩来和亚非拉朋友在一起

– 리스강, 리스둥, 류하이룽 그림

물은 발원지가 있고,
나무는 뿌리가 있다는 사실을 깨달아야 한다.

(1970년 9월 17일)

要懂得水有源树有根。

(1970年 9月 17日)

《저우언라이 선집》하권, 468쪽.

만년에 저우언라이는 병상에서도 끊임없이 일하였다.
晚年周恩来在病榻上坚持工作

– 리스강, 리스둥, 류하이룽 그림

"창조는 누구나 할 수 있지만, 창조하는 과정에서도 기초가 필요하다. 옛것을 새로이 현실에 알맞도록 창조하는 것도 필요하지만. 옛것을 밀어내지 않고서는 새로운 것을 창조할 수가 없다."

(1970년 9월 17일)

可以有创造,
但创造也要有基础。
要古为今用,
推陈出新。

(1970年 9月 17日)

《저우언라이 선집》하권, 468쪽.

다퉁의 화엄사에서 경서를 읽고 있는 저우언라이.
周恩来在大同华严寺浏览经书

– 리스강, 리스둥, 류하이룽 그림

"외국어 교육은 기본부터 시작해야 한다. 예를 들어 경극(京劇)에서 창챵(唱腔, 노랫가락), 대사, 무술 등의 기초적인 훈련뿐만 아니라, 정치·역사·지리적 지식도 필요하다. 외국어 교육도 이와 같다. 발음·어휘·문법뿐만 아니라 듣기·말하기·읽기·쓰기·번역 이 다섯 가지 요건이 필요하다. 또한 국내외의 역사와 지리 지식까지도 모두 필요하다. 자연과학 역시 소홀히 하면 안 된다."

(1970년 11월 20일)

外语教学有个基本问题。比如京戏有基本功、唱腔、道白、武打等，这都是京剧艺术本身，还有政治、历史、地理等知识。学外语也是如此，不光是掌握外语的语音、词汇、语法，做好听、说、读、写、译五个字，还要懂得历史，地理。不仅要读中国地理、历史，还要读世界地理、历史。自然科学也要懂一些。

(1970年 11月 20日)

《저우언라이 선집》하권, 469쪽.

191

"언어도구를 잘 이용하기 위해서는
역시 열심히 연습해야 한다."

(1970년 11월 20일)

要把语言这个工具用得纯熟，
还是要苦练。

(1970年 11月 20日)

《저우언라이 선집》하권, 469쪽.

"우리가 역사를 말하려 하면,
 역사에 관련된 사전 지식이 없으면 안 된다."

(1971년 4월 12일)

我们要讲历史，没有一点历史知识不行。

(1971年 4月 12日)

《저우언라이 선집》하권, 470쪽.

인민의 총리 저우언라이.
人民总理周恩来

– 리스강, 리스둥 그림

"인류의 발전사에서 보편적인 진리는 결국 사람들의 인식에서 비롯되며, 이는 자연의 법칙과 같다. 청년들이 이를 탐구하고 싶어하는 것은 좋은 일이다. 또한 개인의 실천을 통한 인식도 필요하다. 그러나 가장 중요한 점은 전 인류의 공통성을 찾고, 전 인류사회의 복지, 발전과 행복을 얻도록 하는 것이다."

(1971년 4월 14일)

按照人类发展来看，

一个普遍真理最后总要被人们认识的，

和自然界的规律一样。

我们赞成任何青年都有这种探讨的要求，

这是好事。

要通过自己的实践去认识。

但是有一点，

总要找到大多数人的共同性，

这就可以使人类的大多数得到发展，

得到进步，得到幸福。

(1971年 4月 14日)

《저우언라이 외교 문선》 473쪽.

사색 중인 저우언라이.
沉思中的周恩来

– 리스강, 리스둥 그림

"국가의 이익을 먼저 생각해야지 개인의 사소한 것들만 추구할 수 없다. 한쪽에서 볼 때는 좋아 보여도 전체적으로 보면 문제가 있을 수 있다. 모란은 아름다워도 푸른 꽃대가 받쳐줘야 한다. 과일은 맛이 있어도 나무와 잎이 없으면 열매는 맺지 못한다."

(1971년 9월 9일)

大家都要为整个国家利益着想，
不能只考虑自己那一部分。
在一个局部看来是很好的事，
但整体看就可能有问题。
牡丹虽好，也要绿树扶衬；
果子虽好，
没有树和叶，
果子也结不成了。

(1971年 9月 9日)

《저우언라이 경제 문선》631쪽.

197

周恩来

부록 1
저우언라이가 청년시절 지은 시 7수

봄날 우연히 짓다(1)

눈길이 미치는 먼 곳의 푸르른 교외를 바라보니,
안개가 한창 짙게 드리웠구나!
바야흐로 중원의 정세가 어지러우니,
박랑사(博浪沙)*의 의거를 따라야겠구려.

의미:

멀리 눈을 들어서 봄 하늘의 들판을 쳐다보니, 안개가 자욱한데, 이는 중국이 전화에 휩싸였기 때문이다. 예전에 진시황을 시해하려던 열사들이 있었는데, 지금도 이처럼 악랄한 세력에 맞서는 용감한 자들이 있다네!

---

* 중국 허난성(河南省) 무양현(武陽縣)의 고적으로, 진(秦)나라 무양성(城)의 남쪽에 있는데, 장량(張良)이 역사(力士)들에게 철퇴(鐵槌)로 시황제(始皇帝)를 저격하게 한 곳.

春日偶成 (一)

极目青郊外，
烟霾布正浓。
中原方逐鹿，
博浪踵相踪。

大意：

极目远望春天的田野外，烟雾弥漫，那是因为中国正战火纷飞啊，古有刺杀秦始皇的烈士，如今也还有这样的敢于同恶势力抗争的勇者！

봄날 우연히 짓다(2)

벚꽃은 길가에 붉게 피어 있고,
버들잎은 연못가에 푸르게 서 있네!
제비 지저귀는 소리에,
또 한 해가 지나가는구나, 상념에 젖네.

의미:

봄날은 한 해 한 해 찾아오건만, 내 정치적 이상의 봄은 언제쯤 오려나?
나는 그날이 오기를 바라고 기다리며, 생각에 젖어 있다.

(1914년 봄)

春日偶成 (二)

樱花红陌上，
柳叶绿池边。
燕子声声里，
相思又一年。

大意：

春天一年一年地来到了，而我的政治理想的春天什么时候能来
到呢？我盼望着，我等待着，我思念着．

(1914年 春)

봉선(蓬仙)군을 고향으로 보내야 하는 유감(3수)

(一)

서로 모르는 사람끼리 우연히 만나 알게 되는 것도 전생의 인연이건만, 우리가 공부하러 천진까지 와 만나게 된 것을 어찌 우연이라고 할 수 있겠나?

기탄없이 천하 대사를 마음껏 논의하니,
옆에 사람이 없는 것처럼 마음껏 옛날 일들을 얘기하네.

현재는 상황이 여전히 험악하니, 고생을 참고 견디며 분발해야 할 것이고, 의리와 도덕은 앞다투어 지켜야 하니, 어찌 책임을 떠밀 수 있겠는가?

일이 원만히 이루어지도록 성공을 빌며 너를 이웃삼아 살고 싶구나.

送蓬仙兄返里有感（三首）

（一）

萍水相逢亦前缘，负笈津门岂偶然。

扪虱倾谈惊四座，持螯下酒话当年。

险夷不变应尝胆，道义争担敢息肩。

待得归农功满日，他年预卜买邻钱。

周恩来寄语
저우언라이 어록

(二)

동풍은 이방인을 재촉하고,
난푸에서 이별의 노래를 부르네.

눈 깜짝할 사이에 친구는 이미 천리 밖에 가 있으니,
이 모든 게 꿈만 같구려.

친구와 헤어지니 얼마나 한스런 일인가,
글로 친구와 인연을 맺게 되었지만.

함께했던 나날을 돌이켜 보니 즐겁기만 한데,
글로 맺은 인연이 많기도 하구나.

（二）

东风催异客，南浦唱骊歌。

转眼人千里，消魂梦一柯。

星离成恨事，云散奈愁何。

欣喜前尘影，因缘文字多。

(三)

또래 친구들이 앞다투어 질주하지만, 자네만이 홀로 앞에서 이끌어가
는구려.

다른 사람을 도울 마음은 있어도 우둔해서 두렵기만 하니, 나는 급류 속
에서 물러나 자네 같은 현명한 사람에게 양보해야겠네.

시야가 좁고 원대한 포부가 없는 사람들은 여전히 몰락한 사회에 미련
을 두지만, 자네 같은 원대한 포부를 품는 사람들은 앞날이 창창하다네.

오랫동안 사귀어 왔건만, 이제 헤어져야 하는 길목에 서게 되니 마음이
섭섭하기 그지없네.

(1916년 4월)

(三)

同侪争疾走，君独著先鞭。

作嫁怜侬拙，急流让尔贤。

群鸦恋晚树，孤雁入寥天。

惟有交游旧，临岐意怅然。

(1916年 4月)

【주석】

　작자(저우언라이)는 "페이페이(飞飞)"라는 필명으로 이 시를 발표했다.

　펑셴(蓬仙): 장펑선(张蓬仙, 1896－1931)을 이른다. 다른 이름으로 레이펑(瑞峰)이 있으며, 지린(吉林) 창춘(长春) 사람이다. 그는 작자가 톈진(天津) 난카이중학(南开学校) 재학시절 동창생으로, "경업락군회(敬业乐群会)" 발기인 가운데 한 사람이며, 이 단체의 초대 회장을 지냈다.

　负笈: 등에 책을 넣은 상자를 짊어졌다는 뜻으로, 공부하기 위해 유학을 감을 뜻함.

　扪虱: 『진서·왕맹전(晋书·王猛传)』에는 "환온(桓温)이 관내에 들어온 후 왕맹(王猛)이 허술한 옷차림으로 찾아갔다. 그는 천하대사를 담론하면서 아무렇지도 않게 이를 눌러죽였는데 마치 옆에 아무도 없는 것과 같았다."는 구절이 있다. 훗날 사람들은 사소한 것에 구애받지 않고 스스럼없이 천하대사를 담론함을 이르는 말로 "扪虱"을 사용하였다.

　螯: 게의 집게발을 뜻함.

【注释】

作者以"飞飞"笔名发表此诗。

蓬仙：即张蓬仙（1896—1931），又名瑞峰，吉林长春人。是作者在天
津南开学校的同学，"敬业乐群会"发起人之一，任该会第一任
会长。

负笈：背负书箱，指求学。

扪虱：《晋书·王猛传》："桓温入关，猛被褐而诣之，一面谈当世之事，
扪虱而言，旁若无人。"后以此形容放达率性，议论天下大事。

螯：螃蟹的大脚。

尝胆:『사기·월왕구천세가(史记·越王勾践世家)』에는 다음과 같은 기록이 있다. 춘추시기에 월(越)나라가 오(吳)나라에 패하여 속국이 되었다. 월나라 왕 구천은 자기의 나라로 돌아온 뒤 머리를 짜며 생각한 끝에, 처소에 쓸개를 매달아놓고 앉으나 서나 쓸개를 맛보았으며 심지어는 밥 먹을 때에도 맛보면서 복수를 다졌다. 훗날 사람들은 마음먹은 일을 이루기 위해 온갖 괴로움을 참고 견딤을 비유하는 말로 "尝胆"을 사용하였다.

敢息肩:반문구임. 감히 책임을 벗어버리지 못하다.

买邻:『남사·여승진전(南史·吕僧珍传)』"송계아(宋季雅) 남강(南康)군수 자리에서 물러난 뒤, 어질기로 명망이 높은 여승진(吕僧珍)의 집 옆에 저택을 구해 이사를 왔다. 여승진이 집값을 묻자 송계아는 '천백만 냥입니다.' 라고 대답했다. 왜 그리 비싸냐고 물었더니 송계아가 '백만 냥으로 집을 사고 천만 냥으로 이웃을 샀지요.' 라고 대답했다고 한다." 훗날 사람들은 이웃을 골라 거처를 결정함을 비유하는 말로 "买邻"을 사용하였다.

南浦唱骊歌:『초사·구가·하백(楚辞·九歌·河伯)』에는 "난푸(南浦)에서 미인을 배웅한다." 는 말이 있다. 따라서 훗날 난푸를 송별의 지역으로 간주했다. 骊歌는 옛날 사람들이 이별할 때 부르던 노래임.

尝胆：《史记·越王勾践世家》记载：春秋时，越国被吴国打败，"越王
　　勾践返国，乃苦身焦思，置胆于坐，坐卧即仰胆，饮食亦尝胆
　　也。"后以"尝胆"形容刻苦自励，发愤图强。

敢息肩：反诘句，不敢卸除责任。

买邻：《南史·吕僧珍传》："宋季雅罢南康郡，市宅居僧珍宅侧。僧珍
　　问宅价，曰：'一千一百万。'怪其贵，季雅曰：'一百万买宅，
　　千万买邻。'"后以"买邻"比喻择邻而居。

南浦唱骊歌：《楚辞·九歌·河伯》："送美人兮南浦。"后常用南浦称送
　　别之地。骊歌，古人告别时唱的歌。

梦一柯 : 송대(宋代)의 『태평광기(太平广记)』에는 당대(唐代), 이공좌(李公佐)의 전기소설 『남가태수전(南柯太守传)』을 실었는데 그 내용을 요약하면 아래와 같다. 순우분(淳于棼)이 술에 취하여 선잠을 자는데 꿈속에서 괴안국(槐安国)이라는 나라에 가게 되었다. 그곳에서 공주와 혼인하고 남가(南柯)의 태수가 되어 부귀영화를 누리게 되었다. 후에 전쟁에서 패배하고 공주까지 죽게 되자 귀향을 해서 깨어나 보니 그곳이 원래의 자기 집이었다고 한다. 마당으로 내려가 홰나무를 베어 조사해 보니 꿈속에서의 나라와 똑같은 개미의 나라가 나타났다고 한다. 이에 후세 사람들은 꿈나라를 "남가(南柯)" 라고 했다.

同侪 : 동년배.

先鞭 : 『진서·유곤전(晋书·刘琨传)』에는 다음과 같은 내용이 있다. 유곤은 어려서부터 기개가 있었고 재능이 뛰어났다.… 그는 범양(范阳)의 조적(祖逖)과 친구로 지냈는데 조적이 기용(起用)되게 되었다는 소식을 듣고 지인에게 편지를 보내 다음과 같이 말했다. "나는 창을 베고 자면서 날 밝기를 기다립니다.

일심으로 적들을 물리치려 하기 때문이지요. 그래서 늘 조적이 먼저 내가 지향하는 바를 실현할까 봐 걱정입니다." 그는 시종여일 이러한 기개를 굽히지 않았다. 이에 훗날 사람들은 남보다 먼저 목표를 달성한다는 뜻으로 "선편(先鞭)" 이라는 단어를 사용했다.

梦一柯：宋代《太平广记》载唐代李公佐的传奇小说《南柯太守传》：
　　　　淳于棼梦至槐安国，国王以女妻之，任南柯太守，荣华富贵，
　　　　显赫一时。后与敌战而败，公主亦死，被遣回。醒后见槐树南
　　　　枝下有蚁穴，即梦中所历。后人因称梦境为"南柯"。

同侪：同辈。

先鞭：《晋书·刘琨传》："琨少负志气，有纵横之才… 与范阳祖逖为
　　　　友，闻逖被用，与亲故书曰：'吾枕戈待旦，志枭逆虏，常恐祖
　　　　生先吾著鞭。'其意气相期如此。"后以"先鞭"表示争先达到
　　　　目的。

장하오루 선생의 〈상시사(傷時事)〉 운에 부쳐

망망 대륙에 풍운이 일어나,
전국을 어둠 속에 뒤덮고 있네.
가을이 또 다시 다가오니 상심만 커져,
풀벌레 소리마저 쓸쓸히 들려오누나!

(1916년 10월)

【주석】

작자는 "페이페이(飞飞)"라는 필명으로 이 시를 발표했다.

皞如: 장하오루(张皞如)를 이른다. 당시 톈진(天津) 난카이학교(南开学校) 국문과 교사였으며 애국민주사상을 갖고 있었다. 작자 등이 발기하여 조직한 "경업락군회(敬业乐群会)"의 요청으로 이 단체 시단(诗团)의 일원이 되었다. 그의 시 『상시사(伤时事)』는 작자의 시와 함께 학보 『경업(敬业)』의 1916년 5기에 발표되었다.

次皞如夫子《伤时事》原韵

茫茫大陆起风云，举国昏沉岂足云。

最是伤心秋又到，虫声唧唧不堪闻。

(1916年 10月)

【注释】

作者以"飞飞"笔名发表此诗。

皞如：即张皞如，当时为天津南开学校国文教师，有爱国民主思想。应
作者等发起组织的"敬业乐群会"邀请，为该会诗团的成员。他
的诗《伤时事》与作者的诗同刊于《敬业》学报 1916年第5期。

대강가파도두동

오른쪽 시는 내가 19살 때 일본에서 유학하면서 지은 것이다. 몇 년을 허송세월하다 시험에 낙제하게 되어 결국 귀국하여 다른 출로를 찾기로 했다. 행장을 꾸리고 출발을 기다리면서 여러 친구들과 작별을 고하게 되었는데, 페이(轮扉)가 옛날 친구라는 의미에서 청해서 함께 술을 마시게 되었다. 이 자리에는 쯔위(子鱼)와 무톈(幕天)이 함께했다. 취중에 이 시를 지어서 재차 이별하는 기념으로 삼았다. 또한 이 시에는 의지가 굳지 못한 나 자신의 잘못을 반성하고 스스로 독려하는 의미도 들어 있다. 민국 8년 3월.

노래 한 곡을 마치고 머리를 돌려 동국으로 가리라.
숱한 과학기술을 깊이 연구하여 생사존망의 위기에 처한 세상을 구하리.
면벽 10년 만에 벽을 깨뜨리고,
바닷속에 뛰어들어 영웅이 되리.

(1917년 9월 상순)

大江歌罢掉头东

　　右诗乃吾十九岁东渡时所作。浪荡年余，忽又以落第返国图他兴。整装待发，行别诸友。轮扉兄以旧游邀来共酌，并伴以子鱼、幕天。醉罢书此，留为再别纪念，兼志吾意志不坚之过，以自督耳。民国八年三月。

大江歌罢掉头东，
邃密群科济世穷。
面壁十年图破壁，
难酬蹈海亦英雄。

（1917年 9月 上旬）

219

【주석】

大江 : 송대(宋代) 소식(苏轼)의 사(词) 『염노교·적벽회고(念奴娇·赤壁怀古)』를 이르는 말이다. 이 사의 첫 구절은 "큰 강은 동으로 흘러 물결은 천고의 풍류 인물들을 모두 쓸어가 버렸네(大江东去, 浪淘尽, 千古风流人物。)" 이다.

右诗 : 이 시(诗)를 이르는 말이다. 처음에 이 시는 자서(自序)의 오른쪽에 위치했다.

轮扉 : 장홍가오(张鸿诰, 1897—1981)를 이르는 말이다. 지린(吉林)성 창춘(长春) 사람이다. 그는 작자가 난카이학교(南开学校) 재학 시절의 급우다. 1916년에 일본에 가서 유학했다.

子鱼 : 왕자량(王嘉良, 1899—?)을 이르는 말이다. 일명 왕자량(王嘉梁)이라고도 했는데 안휘이(安徽)성 징현(泾县) 사람이다. 그는 작자가 난카이학교(南开学校) 재학 시절의 동창생이다. 후에 일본에 가서 유학했다.

【注释】

大江：指宋代苏轼词《念奴娇·赤壁怀古》，该词首句为："大江东去，浪淘尽，千古风流人物。"

右诗：指本诗。原诗写于自序的右侧。

轮扉：即张鸿诰（1897—1981），吉林长春人。是作者在南开学校的同班同学。1916 年赴日本留学。

子鱼：即王嘉良（1899—？），又名王嘉梁，安徽泾县人。是作者在南开学校的同学。后赴日本留学。

幕天：무징시(穆敬熙, 1900-?)를 이르는 말이다. 자(字)로 집헌(缉轩)과 목천(木天)이 있으며, 지린(吉林)성 이퉁(伊通) 사람이다. 그는 작자가 난카이학교(南开学校) 재학 시절 동창생이다. 후에 일본에 가서 유학했다.

踏海：바다에 몸을 던져 순국하다. 『사기·노중연추양열전(史记·鲁仲连邹阳列传)』에는 다음과 같은 구절이 있다. "만약 진나라 왕이 제멋대로 황제가 되어 자기의 정책으로 천하를 호령한다면, 나 노중연은 동해에 뛰어들어 자결하고 말 것이다. 나는 그의 백성이 되는 것을 원하지 않기 때문이다. (彼即肆然而为帝, 过而为政于天下, 则连有蹈东海而死耳, 吾不忍为之民也)"

幕天：即穆敬熙（1900—?），又字缉轩、木天，吉林伊通人。是作者在
　　　南开学校的同学。后赴日本留学。
蹈海：投海殉国。《史记·鲁仲连邹阳列传》："彼即肆然而为帝，过而
　　　为政于天下，则连有蹈东海而死耳，吾不忍为之民也。"

비 내리는 아라시야마(雨中嵐山)

비 오는 날 두 번째로 란산(嵐山)을 거닌다. 양 옆의 소나무는 울울창창하고, 사이사이에 앵두나무 몇 그루가 서 있다. 막다른 곳에 산 한 채가 우뚝 솟아 있어 홀연히 눈에 들어온다.

흘러나온 샘물은 짙푸르고, 바위를 돌아 흐르며, 사람의 그림자를 비추고 있다. 이슬비가 부슬부슬 내리니 안개는 점점 짙어지고, 한 줄기 햇빛이 구름을 뚫고 나오니 경치는 한결 아름답건만, 인간 세상사는 따질수록 모호하기만 하다. 이러한 막막함 속에서 우연히 빛을 보니 한결 눈부시게 아름답다.

(1919년 4월 5일)

【주석】

저자는 1917년 9월 일본으로 유학을 떠났다. 1919년 4월 귀국 도중 교토에 머물 때 이 시를 썼다.

교토 : 또한 서경이라고도 칭한다. 일본 서쪽에 위치해 있다. 794년부터 1869년까지 일본의 수도였다.

오카야마 : 일본 교토의 유명한 풍경구.

雨中岚山-日本京都

雨中二次游岚山，

两岸苍松，夹着几株樱。

到尽处突见一山高，

流出泉水绿如许，绕石照人。

潇潇雨，雾蒙浓；

一线阳光穿云出，愈见娇妍。

人间的万象真理，愈求愈模糊；

模糊中偶然见着一点光明，真愈觉娇妍。

（1919年 4月 5日）

【注释】

　作者于 1917年9月赴日本留学。1919年4月回国途中在京都停留时写下这首诗。

　京都：也称西京，位于日本西部。公元 794－1869年曾为日本首都。

　岚山：日本京都著名的风景区。

비 온 뒤 아라시야마(雨中嵐山)

해질 무렵 산중에 비가 온 후 구름이 잔뜩 끼어 어두운데, 황혼이 점점 더 가까워지네.

푸른 나무숲 가운데 한 떨기 벚꽃이 한창 흐드러지게 피어 있는데, 가냘프지만 불그스름한 벚꽃이 사람을 취하게 만드네.

자연의 아름다움은 사람의 손길이 닿지 않았으니, 사람의 속박을 받지 않고, 종교, 예법, 낡은 문예(文藝)가 떠오르고… 한껏 꾸민 것들, 무슨 신앙, 감정, 심미관 … 이것들은 사람들을 통제하는 학설.

높은 곳에 올라 먼 곳을 바라보면, 청산은 끝없이 이어져 있으며, 흰 구름이 띠처럼 뭇산을 휘감고 있네.

수십여 가닥의 햇살이, 막연하고 어두운 도시를 비추네.

지금 이 섬 주민들은 마치 마음속으로 어떤 정경을 불러내고 있는 듯하네. "원로, 군벌, 정당의 우두머리, 자본가 …."

앞으로는 "장차 어느 것이 더 퍼져나갈까?"

(1919년 4월 5일)

雨后岚山

山中雨过云愈暗，渐近黄昏；

万绿中拥出一丛樱，

淡红娇嫩，惹得人心醉。

自然美，不假人工；不受人拘束。

想起那宗教，礼法，旧文艺，

…

粉饰的东西，

还在那讲什么信仰，情感，美观

… 的制人学说。

登高远望，青山渺渺，

被遮掩的白云如带；

十数电光，射出那渺茫黑暗的城市。

此刻岛民心理，仿佛从情景中呼出；

元老，军阀，党阀，资本家…

从此后"将何所博"？

（1919年 4月 5日）

【주석】

저자는 1917년 9월 일본으로 유학을 떠났다. 1919년 4월 귀국 도중 교토에 머물 때 이 시를 썼다.

교토 : 또한 서경이라고도 칭한다. 일본 서쪽에 위치해 있다. 794년부터 1869년까지 일본의 수도이다.

오카야마 : 일본 교토의 유명한 풍경구

장하소박(将何所博) : 이 글귀는 "장차 누구를 믿고 의지할까?" 라는 의미의 "장하소지(将何所恃)" 를 잘못 쓴 것으로 보인다.

【注释】

作者于1917年9月赴日本留学。1919年4月回国途中在京都停留时写下这首诗。

京都：也称西京，位于日本西部。公元794—1869年曾为日本首都。

岚山：日本京都著名的风景区。

将何所博：此句似应为"将何所恃。"

생사와 이별

　한 달 전 프랑스에서 사는 무린(武隣)에게서 편지를 받았다. 그는 우리가 베이징을 떠나서 경한선(京漢線) 기차 안에서 같이 쓴 〈다른 의문〉이란 시를 보내 주었다. 시를 읽고 나니 옛일이 눈에 선하다. 월초에 독일에 다녀왔건만, 이하오(逸豪)에게서 편지를 받고 녠창(念强)의 죽음을 알고 나서 생사와 이별을 생각하게 됐다.

　그 후에 스주(石久)가 나이인(奈因)에게 보내 주었던 편지를 읽어보면서 황금만능주의에 대한 이야기를 한다. 또한 스산(施山)이 녠우(念五)에게 써 주었던 편지를 읽어 보고 황쥔핀(黃君品)이 창사(長沙)의 방직(紡織)공장 파업 과정에서 자오헝티(趙恒惕)와 자본가들에게 유인당해 죽었다고 들었다. 그때 같이 일했던 동지를 생각하며 한순간에 온갖 생각이 뒤얽힌다.

　내 복잡한 마음을 표하기 위해서 친구들과 함께 더 노력해야겠다는 뜻을 모든 친구들에게 보여주기 위해 이 시를 쓴다.

生别死离

一月前在法兰西接到武陵来信，他抄示我们离开北京时在京汉车中所作的《别的疑问》诗，当时读完后怀旧之感颇深。本月初来德，得逸豪信，因念强死事论到生别死离；继读石久给奈因信，谈点似是而非的资本万能。最后又看到施山给念吾的信，知道黄君正品因长沙纱厂工人罢工事，遭了赵恒惕同资本家的诱杀。一时百感交集，更念及当时的同志，遂作此篇，用作吾意所向，兼示诸友。

장렬한 죽음, 구차(苟且)한 죽음.
목숨을 아끼고 죽음을 두려워한 것을, 어찌 죽음을 중시하고,
삶을 가벼이 여겼다고 하겠는가?

생사와 이별은 가장 어려운 일이다.
이별은 늘 마음에 걸리는 일이고,
죽음은 추호도 경중도 없으니,
어찌 사람을 감동시키는 이별이라 하겠는가?

경작하지도 않았는데 어떻게 수확을 기대하겠는가?
혁명의 종자를 퍼뜨리지 않고 오히려 공산주의 이념의 꽃을
바라겠는가?
붉은 깃발이 휘날리는 꿈을 꾸며.
피를 흘리지 않으면서
세상 어디에 쉬운 일이 있겠는가?

탁상공론보다, 차라리 일어나서 행동하자.
생을 탐하면 이별 또한 슬프고 마음을 상하게 하고,
삶과 죽음도 따르게 마련이다.

壮烈的死，苟且的死。

贪生怕死，何如重死轻生！

生死别离，最是难堪事。

别了，牵肠挂肚；

死了，毫无轻重，

何如作个感人的永别！

没有耕耘，哪来收获？

没播种革命的种子，却盼共产花开！

梦想赤色的旗儿飞扬，

却不用血来染他，

天下哪有这类便宜事？

坐着谈，何如起来行！

贪生的人，也悲伤别离，

也随着生死，

단지 그들은 꿰뚫어 보지 못하누나, 사람을 감동케 하는 영원한 이별, 그리
고 영원한 이별이 사람을 감동케 한다는 사실을.

세상 사람들에게 너무 많은 걸 기대하지 말자!

삶과 죽음의 길은 이미 우리 앞에 놓여 있다.

광명을 향해 비상하는 것은 네게 달려 있다.

흙빛 쇠붙이 호미를 들어 올려

아직 갈지 못한 땅뙈기를 개척하자.

씨앗은 사람에게 뿌리고

피는 흙속으로 스머드네.

잠깐 헤어짐은 영원한 이별이 되네.

생과 사를 뛰어넘어, 온 힘을 다해 살아가자.

하물며 죽을 각오로 노력하는 자가

영원한 이별을 두려워하리요.

1922년 3월

只是他们却视不透这感人的永别，永别的感人。
不用希望人家了！
生死的路，已放在个人前边，
飞向光明，尽由着你！
举起那黑铁的锄儿，
开辟那未耕耘的土地．
种子撒在人间，
血儿滴在地下。

本是别离的，以后更会永别！
生死渗透了，努力而生，
还有努力为死，
便永别了又算什么？

1922年3月

周恩来寄语
저우언라이 어록

【주석】

작자가 유럽을 여행하면서 지은 시이다. 편지로 국내의 각오사(觉悟社) 회원들인 리시진(李锡锦)과 정지칭(郑季清) 등에게 보냈다. 시의 앞머리에는 다음과 같이 썼다. "내가 받아들인 주의(主义)는 절대로 변하지 않을 것이네. 그뿐만 아니라 끝까지 이를 선전하는 길에 나설 것이라네. 며칠 전에 나는 백화문 시를 하나 썼었네. 글귀는 아주 악랄해 보이지만 내 생각을 잘 보여 주는 것이지. 아래에 적었으니 한번 읽어보시게." 시의 뒷머리에는 다음과 같이 썼다. "자네들이 내 시를 보고나면, 지금의 내가 지향하는 바를 알고 싶어질 거네. 더 말하지 않아도 내 뜻을 짐작할 수 있으리라 믿네."

작자가 리시진(李锡锦)과 정지칭(郑季清)에게 보낸 편지는 "우의 선서(伍的誓词)"라는 제목으로 『신민의보(新民意报)』의 부간(副刊) 『각우(觉邮)』의 2기에 발표되었다. 여기서 우(伍)는 우하오(伍豪)를 이르는 말이다. 각오사(觉悟社)를 창립하고 나서 회원들은 제비를 뽑아서 각자를 대표하는 번호(별칭)를 정했다. 이들은 『각오(觉悟)』에 글을 발표할 때 이 별칭으로 이름을 대신했다. 작자가 뽑은 번호는 5번이었는데 해음(谐音)으로 하면 "우하오(伍豪)"가 되기에 이로써 이름을 대신한 것이다.

武陵：천즈두(谌志笃, 1893－1970), 구이저우(贵州)성 즈진(织金) 사람이다. 각오사 발기인의 한 사람. 별칭은 우링(五零)이며 해음은 우링(武陵)이다.

逸豪：덩잉차오(邓颖超, 1904－1992), 허난(河南)성 광산(光山) 사람이다. 각오사 발기인의 한 사람. 별칭은 이하오(一号)이며, 해음은 이하오(逸豪)이다.

【注释】

　　作者旅欧期间写下这首诗，随信寄给国内觉悟社社员李锡锦、郑季清。诗前写道："我认的主义一定是不变了，并且很坚决地要为他宣传奔走。前几天我曾做了首白话诗，词句是非常恶劣，不过颇能达我的意念，现在抄在下面给你们看看。"诗后写有："你们看了我这首诗，可以想见我现时的志趣来了。不用多谈，谅能会意。"作者写给李锡锦、郑季清的信以"伍的誓词"为题在《新民意报》副刊《觉邮》第二期发表。伍，即伍豪。觉悟社成立后，社员用抽签的办法，决定代表各人的号码，他们在《觉悟》发表文章时，用号码代替姓名。作者抽到的是五号，谐音"伍豪"，为其代名。

　　武陵：即谌志笃（1893—1970），贵州织金人。觉悟社发起人之一，
　　　　　代号是五零，谐音武陵。

　　逸豪：即邓颖超（1904—1992），河南光山人。觉悟社发起人之一，
　　　　　代号是一（号），谐音逸豪。

念强 : 타오상자오(陶尚钊, 1905-1922), 저장(浙江)성 사오싱(绍兴) 사람이다. 작자가 난카이학교 재학 시절 교우이며 각오사의 사우(社友)이다. 1920년 1월에 톈진(天津) 학생애국운동에 참여했다는 이유로 작자와 함께 체포되었다. 후에 보석으로 풀려났다. 같은 해 11월에 프랑스로 가서 고학했는데, 1922년 봄에 프랑스 리용에서 사망했다.

石久 : 판스(潘世纶, 1898-1983), 저장(浙江)성 항셴(杭县) 사람이다. 각오사 회원이며 별칭은 스주(十九)이며 해음은 스주(石久)이다.

奈因 : 자오광천(赵光宸, 1902-1965), 톈진(天津) 사람이다. 각오사 회원이며 별칭은 주(九)이고, 나이인(奈因, 영어단어 Nine의 음역어임)이라는 가명을 사용했다.

施山 : 리이타오(李毅韬, 1896-1939), 허난(河北) 옌산(盐山) 사람이다. 각오사 회원이며 별칭은 쓰스싼(四十三)이며 해음은 스싼(施山·峙山·施珊)이다.

念吾 : 류칭양(刘清扬, 1894-1977), 톈진(天津) 사람으로 각오사 발기인의 한 사람이다. 별칭은 알스우(二十五)이며 해음은 녠우(念吾)이다.

黄君正品 : 황아이(黄爱, 1897-1922), 후난(湖南)성 창더(常德) 사람으로 각오서 사우(社友)이며 1920년에 후난으로 돌아가 노동운동에 종사했다. 1922년 1월 창사(长沙) 방직공장 노동자 파업을 지도했다는 이유로 후난 반동군벌 자오헝티(赵恒惕)에 의해 피살되었다.

자오헝티(赵恒惕) : (1880-1971), 후난(湖南)성 헝산(衡山) 사람으로 당시 북양군벌정부(北洋军阀政府)에 의해 임명된 후난(湖南)성 성장이었으며 후난군(湘军) 총사령이었다.

念强：即陶尚钊（1905—1922），浙江绍兴人。是作者南开学校校友。觉悟社社友。1920年1月因参加天津学生爱国运动和作者一起被捕，后经保释放。同年11月赴法国勤工俭学，1922年春逝世于法国里昂。

石久：即潘世纶（1898—1983），浙江杭县人。觉悟社社员，代号是十九，谐音石久。

奈因：即赵光宸（1902—1965），天津市人。觉悟社社员，代号是九，化名奈因（英语单词 Nine 的译音）。

施山：即李毅韬（1896—1939），河北盐山人。觉悟社社员，代号是四十三，谐音施山、峙山、施珊。

念吾：即刘清扬（1894—1977），天津市人。觉悟社发起人之一，代号是二十五，谐音念吾。

黄君正品：即黄爱（1897—1922），湖南常德人。觉悟社社友。1920年回湖南从事工人运动，1922年1月因领导长沙纱厂工人罢工被湖南反动军阀赵恒惕杀害。

赵恒惕：（1880—1971）湖南衡山人。当时是北洋军阀政府任命的湖南省省长、湘军总司令。

周恩來

부록 2
나의 수양 수칙

나의 수양 수칙

(1943년 3월 18일)

첫째: 공부에 박차를 가하고, 중심을 잡으며, 일을 집중적으로, 효율적
으로 처리한다.

둘째: 맡은 바 일을 열심히 하고, 중요한 일은 조리 있게 계획을 세운다.

셋째: 학습과 업무를 하나로 합치고, 시간과 공간이 조건에 맞도록 주의
하고, 검토와 정리에 주의한다. 또한 발견과 창조의 정신이 있어
야 한다.

넷째: 내 자신과 다른 사람의 모든 부정확한 사상의식과 원칙적으로 결
연히 투쟁한다.

다섯째: 알맞은 장점은 더욱더 키우고, 단점은 자세히 살펴 고친다.

여섯째: 대중을 멀리해서는 안 된다. 대중에게 배우며 그들의 도움이
되어야 한다. 집단생활을 하며 일에 대한 조사와 연구를 중시
하고 원칙을 지킨다.

일곱째: 몸을 온전하게 하고, 합리적으로 규칙적인 생활을 유지하는 것
은, 자기 수양의 물질적 기반이다.

我的修养要则

(1943年 3月 18日)

一、加紧学习，抓住中心，宁精勿杂，宁专勿多。

二、努力工作，要有计划，有重点，有条理。

三、习作合一，要注意时间，空间和条件，使之配合适当，要注意检
讨和整理，要有发现和创造。

四、要与自己的他人的一切不正确的思想意识作原则上坚决的斗争。

五、适当的发扬自己的长处，具体的纠正自己的短处。

六、永远不与群众隔离，向群众学习，并帮助他们。过集体生活，注意
调研，遵守纪律。

七、健全自己身体，保持合理的规律生活，这是自我修养的物质基础。

周恩來

부록 3
청년의 학습과 생활을 이야기하다

청년들의 학습과 생활을 이야기하다

(1957년 3월 24일)

오늘 이 자리에 계신 분들 가운데는 청년학생들이 많습니다. 따라서 나는 청년들에게 몇 가지를 이야기하려고 합니다. 우선 오늘날의 중학생들을 주제로 이야기해 봅시다. 왜 중학교에 진학하게 되었습니까? 교육을 받고 나서 무엇을 할 생각입니까? 중학교에 진학한 모든 분들이 모두 대학에 갈 수는 없는 일이며 또한 모두가 고급 지식인이나 국가 간부가 될 수 있는 것도 아닙니다. 물론 여러분들 가운데 더러는 대학교에 진학하고 고급 지식인이나 국가 간부가 될 것입니다. 하지만 대부분은 졸업하고 나서 공업이나 농업생산 노동에 참여하게 될 것입니다. 대학에 진학하든 뭘 하든 목적은 하나, 곧 사회주의를 건설하기 위한 것이어야 합니다. 이는 여러분들이 공부하는 목적이며 나라에서 학교를 설립한 목적이기도 합니다.

나라에서 교육을 실시하는 목적은 청년들이 다시는 문맹이 되지 말고 문화적 소양을 갖춘 노동자가 되도록 하기 위함입니다. 그래야만 우리의 과학기술 수준을 제고할 수 있어 나라를 올바로 건설하고 사회주의를 제대로 건설할 수 있기 때문입니다. 문화 수준이 높지 못한 사람이 현대과학기술을 습득하는 것은 어려운 일입니다. 문맹이라면 더욱 어렵겠지요. 중등 정도의 문화 수준을 갖춰도 현대과학기술을 쉽게 습득할 수 있습니다. 따라서 공장의 노동자들 역시 중등교육을 받아야 합니다. 현재 재학 중인 청년학생들이 이렇게 인식해야 할 뿐만 아니라, 이미 공장에서 일하고 있는 노동자들 역시 이 점을 인식해야 합니다. 현재 많은 노동자들이 여가 강습반에 참여하고 있는데, 이는 중등 정도의 문화 수준에 도달하기 위해서입니다.

* 이 연설문은 저우언라이가 항저우 대중대회에서 연설한 내용을 간추린 것입니다.

谈谈青年的学习和生活*

(1957年 3月 24日)

今天在座的有很多是学校的青年，所以我特别要向青年讲几句话。首先要讲的，就是现在的中学生，进学校是为了什么？受过教育以后去做什么？进中学的每个人不可能将来都升入大学做大学生，都当高级知识分子，或者当国家干部。当然，你们里头会有不少人升入大学，成为高级知识分子或国家干部，但更多的人毕业后要直接参加工农业生产劳动。不论能不能升学，不论干什么，目的都是为了建设社会主义。这是你们学习的目的，也是国家办教育的目的。国家办教育，就是为了使青年一代不再是文盲，而成为有文化的劳动者。这样，我们的科学技术水平才能提高，国家才能建设得好，社会主义才能建设得好。一个文化不高的人，要掌握现代科学技术是很困难的，如果是文盲，就更困难了。有了中等的文化水平，掌握现代科学技术就比较容易些。所以，工厂里的劳动者也需要受过中等教育。不仅现在还在学校学习的青年要认识到这一点，就是已经在工厂里做工的工人，也应该认识到这一点。现在许多工人参加业余学校学习，就是为了把自己的文化提高到中等的水平。

* "这是周恩来在杭州群众大会上讲话的节录"

공업뿐만 아니라 농업 역시 마찬가지입니다. 농민들도 문화가 있어야 합니다. 우리나라는 경작 가능한 면적이 상대적으로 적기에 단위 면적당 생산량을 높여야 합니다. 단위 면적당 생산량을 높여 우리나라 농업발전의 요구에 도달하기 위해서는 반드시 기술 수준을 향상해야 합니다. 이에 필요한 일련의 기술적 조치들을 진행하기 위해서는 지식인들이 필요합니다. 따라서 우리의 청년 1세대 농민들 역시 문화가 있어야 합니다. 문화가 있으면 현재의 기술들을 습득하여 당장에 생산량을 높일 수 있을 뿐만 아니라, 앞으로 더욱 새로운 기술을 활용하여 우리나라의 농업 기계화와 현대화를 실현할 수 있게 됩니다. 우리 사회주의 국가의 인민들은 노동의 소중함을 알고 노동을 열렬히 사랑해야 합니다. 이는 아주 중요한 것입니다. 고대봉건사회에는 이런 말이 있었습니다. "모든 것이 다 하찮은 것이고 오로지 공부만이 고상하다(万般皆下品, 唯有读书高)." 그러나 당시 공부하는 유일한 목적은 벼슬하기 위한 것이었습니다. 이러한 관점은 시대의 조류에 부합하지 않는 것이며 잘못된 것입니다. 우리는 마땅히 이를 부정해야 합니다. 우리가 공부하는 것은 노동을 위한 것이며, 사회주의를 건설하기 위해서라고 인식해야 합니다.

이는 또 취업문제와도 연관이 됩니다. 청년들은 공부를 마치게 되면 일터에 나가게 됩니다. 농촌과 도시의 각종 일터에 나가게 되는데 이것이 바로 취업입니다. 취업의 범위는 아주 넓습니다. 공장이나 광산·학교·기관에 가서 일하는 것도 취업이고, 농촌의 합작사(合作社)나 수공업 합작사, 각종 상업기구에 가서 일하는 것도 취업입니다. 또한 우리가 가사에 종사하는 것 역시 노동이라는 점을 인정해야 합니다.

　　不仅工业有这样的要求，农业也是一样。农民也需要有文化。我国可耕地面积比较少，需要提高单位面积产量。要提高单位面积产量，达到我国农业发展纲要的要求，就必须提高技术。一系列的技术措施需要有知识的人来掌握。所以，我们青年一代的农民应该有文化。有了文化，不仅今天可以掌握已有的技术，增加生产，而且将来能够运用更新的技术，解决我国农业机械化、现代化的问题。

　　我们社会主义国家的人民要懂得劳动的可贵，要热爱劳动，这是很重要的一点。旧社会有句老话，说"万般皆下品，唯有读书高。"读书的唯一目的就是做官，这种观点是违反时代潮流的，是错误的，我们应该否定它。我们应该认识到，学习是为了劳动，为了社会主义建设。这就联系到就业的问题了。青年人学习告一段落，就要到劳动岗位上去，到农村和城市的各种劳动岗位上去，这就是就业。就业的范围很广，在厂矿企业、学校、机关里工作是就业，在农村的合作社、手工业合作社、各种商业机构里工作也是就业。同时，我们应该肯定，从事家务劳动也是劳动。

  나라에서 개인에게 지급하는 급여나 농업 합작사에서 1인당 노동력에 지급하는 노동 점수(工分)는 모두 단지 당사자 개인의 생활을 유지하기 위한 것이 아니라, 일정한 수의 가족 구성원들의 생활을 유지하기 위한 것입니다. 따라서 우리의 급여나 노동 점수에 따른 수입은 개인뿐이 아니라 자녀를 키우고 노인을 부양하는 등 가족의 생활을 영위하기 위한 것입니다. 노인을 부양한다고 하면 우리의 일부 청년 단원들은 이렇게 질문할 수도 있습니다. "우리가 아직도 '효도'를 해야 한단 말인가?" 맞습니다. '효도'의 개념을 우리는 정확하게 분석하고 변증법적으로 이해해야 합니다. 봉건사회에서 사회 생산력을 속박하고 '효도'를 이용하여 청년들을 압박할 때에는, 우리는 봉건사회를 뒤엎기 위해 '효도'에 반대하고 더 나아가서 가정 혁명도 실행해야 했습니다. 수십 년 전에 어떤 사람이 『비효(非孝)』라는 글을 쓴 적이 있습니다. 당시에 어떤 어르신들은 그 글을 적지 않게 비난했지요. 하지만 당시 상황에서 그 글은 이치에 맞았습니다. 하지만 지금은 다릅니다. 봉건 통치는 이미 뒤엎어졌습니다. 우리는 또다시 두리뭉실하게 '비효(非孝)'를 주장해서는 안 됩니다. 구 사회의 봉건적인 가정은 우리들을 속박했기에 우리는 반항해야만 했습니다. 하지만 새로운 사회에서 가정은 재차 우리를 속박하지 않습니다. 노인 세대는 우리를 양육하고 성장하도록 이끌었지요. 따라서 우리는 당연히 그분들을 부양해야 합니다.

  비슷한 문제는 더 있습니다. 이를테면 우리가 '5.4운동' 시기에 공가점(孔家店, 공자의 유교사상을 선전하는 거점) 타도를 외친 것은 정확한 것이었습니다. 공가점은 타도되어야 하는 것이었지요. 하지만 지금 우리는 공자를 전면적으로 재평가해야 합니다. 그의 긍정적인 면모는 인정해야 합니다.

国家给一个人的工资，农业合作社给一个劳动力的工分，都不只是为维持本人的生活，而是包括维持一定数目的家庭人口的生活的。因此，我们的工资或者工分的收入，不仅为了个人，还要负担家庭的生活，要养育儿女，赡养老人。

说到赡养老人，我们有些青年团员也许会问："难道现在还要我们讲孝道？"对"孝道"要做分析，要辩证地看。当封建社会束缚生产力的发展，利用"孝道"压制青年的时候，我们要推翻封建社会，反对"孝道"，甚至要进行家庭革命。几十年前，有人就写过《非孝》的文章。当年有些老先生对那篇文章曾有不少非议。可是当时那篇文章是有道理的。现在就不同了，封建统治已经被推翻了，我们就不能再笼统地说"非孝"了。在旧社会，封建家庭束缚我们，我们要反抗；在新社会，家庭不再束缚我们了，老一代曾经哺育我们成长，我们就应该赡养他们。类似的问题还有。例如，我们在"五四"时期提出打倒孔家店是完全应该的，孔家店是要打倒的。可是现在对孔夫子就应该全面评价，对他的一些好的地方，就应该给予肯定。

또 이를테면 신해혁명 시기에는 청나라를 뒤엎기 위해서 철저하게 부정했지요. 그 당시 여러분들이 살고 계신 항저우(杭州) 역시 혁명의 성지였습니다. 지금 쉬스린(徐錫麟)과 추진(秋瑾) 등의 묘소가 여기에 있습니다. 장타이옌(章太炎) 선생의 묘소 역시 여기에 있습니다. 우리는 이분들을 기념해야 합니다. 왜냐하면 그 세대가 당시에 청나라를 뒤엎었기 때문입니다. 천안문(天安門) 앞의 열사 기념비에는 그분들의 몫도 있습니다. 청나라를 뒤엎고 나서 이미 수십 년이 흘렀습니다. 우리는 이미 사회주의 국가가 되었습니다. 이 시기에 우리는 청조의 황제나 기타 역사 인물들을 공평하게 평가해야 합니다 우리는 늘 우리나라가 땅이 넓고 물산이 풍부하며 인구가 많다고 하지 않습니까? 이 두 가지에 청나라는 어느 정도 일정한 공헌도 했지요. 따라서 우리는 지금 그들의 긍정적인 면을 인정해야 하는 것입니다. 징츠사(净慈寺) 앞에 있는 두 황제의 제자(題字)는 보호해야 합니다. 깨끗하게 관리해야 하는데 너무 더러워졌습니다. 최근에 가서 본 적이 있는데 희미해서 알아보기 힘들 정도였습니다. 강희 황제가 중국 발전에 공헌한 바는 건륭 황제보다 훨씬 많습니다. 이처럼 우리는 공자나 황제들의 긍정적인 부분도 인정해야 합니다. 그러니 다른 것은 더 말할 것도 없지요. 긍정도 하고 부정도 하는 것이 바로 변증법입니다. 만약 우리가 전에 봉건적 가정을 부정하지 않고 가정 혁명을 실행하지 않았더라면 오늘날 이 자리에 서있을 수 없을 것입니다. 하지만 혁명이 승리한 오늘날에 와서는 새로운 관점을 가져야 하며 가정도 인정해야 합니다. 급여는 나라에서 우리들에게 지급합니다. 그렇다고 해서 일찍이 우리를 키워주셨으나 지금은 노동력을 상실한 노인들을 부양하지 말아야 합니까? 당연히 아니지요. 이는 개인이 부담해야 할 일입니다. 이 모든 책임을 나라에서 떠맡아서도 안 되고, 떠맡을 수도 없습니다.

又如，在辛亥革命的时候，要推翻清朝，要彻底否定它。那时，你们杭州也是一个革命的地方。现在，徐锡麟、秋瑾的墓在这里，章太炎先生的墓也在这里。我们要纪念他们。为什么？因为他们那一代推翻了清朝，是天安门前烈士纪念碑上有份的人。现在我们已经推翻清朝几十年了，已经是社会主义国家了。在这个时候，我们对于清朝的皇帝及其他历史人物也要作一个公平的评价。我们不是常说我国地大物博、人口众多吗？对这两条，清朝就有一定的贡献。所以我们现在也要肯定它的好处。那个净慈寺前面康熙、乾隆两个皇帝题的字，还是应该保护，搞干净一些，现在太脏了，我最近去看就看不清楚。康熙皇帝对中国发展的功劳，比乾隆皇帝大得多。你们看，我们把孔夫子，把皇帝的好处都要肯定，何况其他。有否定，有肯定，这就是辩证法。如果我们当年不对封建家庭加以否定，不闹家庭革命，我们今天也就站不到这个地方了。可是革命成功了，现在就应有新的观念，对家庭要有所肯定。国家给了我们工资，我们能够对曾经养育过我们的老人，在他们丧失劳动能力后不去养活他们吗？当然不能。应该由个人负担，不应该也不可能把这些都交给国家去管。

我们个人拿了工资要负担应该负担的事情。比如妻子在家从事家务劳

　우리 개인들은 급여를 받았으니 마땅히 책임져야 할 부분은 책임을 져야 합니다. 이를테면 아내가 집에서 가사에 종사할 경우 여러분이 받은 급여에는 아내의 몫도 있는 것입니다. 왜냐하면 그녀들의 노동이 없다면 여러분들은 생활을 영위하기 어렵기 때문입니다. 가정에서 육아문제 역시 공동으로 부담해야 하지요.

　다음은 생활과 행복을 주제로 이야기해 봅시다. 우리가 혁명을 한 목적은 인민들에게 행복을 가져다주기 위한 것입니다. 행복이라고 할 때 눈앞의 행복도 봐야 하지만 먼 훗날의 행복도 봐야 하며 두 가지를 결합해야 합니다. 아편전쟁(鴉片战争) 이래 우리의 혁명 선배들은 앞사람이 쓰러지면 뒷사람이 계속해서 피를 흘리고 희생했는데 이는 후대들의 행복을 위한 것이었지요. 특히 근 30년 동안 중국 공산당이 혁명을 이끌면서 얼마나 많은 선열들이 뜨거운 피로써 오늘의 행복을 이룩해 왔습니까? 오늘날 우리는 또 어떻게 우리의 후대에게 행복을 가져다 주고, 어떻게 우리 민족의 장구한 행복을 도모해야 할지를 생각해야 합니다.

　우리의 지난날을 회고해 보면 그것은 힘들게 분투하는 과정이었고 피를 흘리고 목숨을 바치는 여정이었습니다. 우리의 민족은 유구한 역사를 간직하고 있습니다. 지난 백여 년뿐만 아니라 역사적으로 기록으로 남아 있는 수천 년 동안 노동 인민들은 부단히 투쟁하면서, 힘들게 분투하고 희생을 두려워하지 않는 훌륭한 전통을 이뤄왔습니다. 우리는 이러한 전통을 계승하고 사회주의 건설에서 이를 확대하고 발전시켜 나가야 합니다. 목전의 국제형세는 긴장국면이 완화되는 추세에 있습니다. 우리는 이런 환경을 적극적으로 이용하여, 사업을 진행하고 노동을 할 때 힘들게 분투하며 근면하고 검소한 나라를 만들어 나가야 합니다.

动，你得的工资就应该有她的一份，因为没有她的劳动，你就难以生活。家庭里养儿育女的事情，也要共同负担。

下面谈谈生活与幸福的问题。我们革命的目的，就是要使人民得到幸福。说到幸福，不仅要看到眼前，还要看到长远，要把二者结合起来。从鸦片战争以来，我们前辈革命的人，前仆后继，流血牺牲，为的就是后代的幸福。尤其是近三十多年来，中国共产党领导革命，多少先烈抛头颅洒热血，才换来我们今天的幸福。我们现在也应该想一想，怎样为我们的后代谋幸福，为我们民族谋长远的幸福。回想过去，我们是从艰苦奋斗、流血牺牲中过来的。我们的民族有悠久的历史，不仅是近百年，而且从有历史记载以来，几千年间，劳动人民不断斗争，形成了一种艰苦奋斗、不怕牺牲的优良传统。我们应该继承这种传统，并在社会主义建设中发扬光大。现在国际形势趋于缓和，我们应该利用这种环境，在工作中、劳动中艰苦奋斗，勤俭建国。

为了我们人民生活的幸福，为了长远的利益，也为了后代，我向你们

우리 인민들의 행복을 위하여, 장구한 이익을 위하여, 후대들을 위하여, 저는 여러분에게 될수록 늦게 결혼하고 생육을 절제할 것을 건의합니다. 현재 우리나라의 인구증가 속도는 아주 빠릅니다. 전국적으로 인구 증가율은 2.3%에서 2.5%에 달하는데 이는 1,300만에서 1,500만 명이라는 얘기입니다. 매 년 증가하는 인구수가 그리 작지 않은 나라의 전체 인구수에 맞먹는 셈이지요. 따라서 우리는 우리나라의 인구증가율을 계획적으로 통제해야 합니다. 사람들은 다들 총명하지 않습니까? 우리가 나라를 건설할 때도 계획적으로 일을 진행하지요. 그런데 우리의 가정이나 생육 문제는 왜 계획적으로 못합니까? 생육 문제에 계획이 없으면 안 됩니다. 특히 청년들은 젊은 시절을 효과적으로 이용하여 지식을 늘이고 기술을 배우며 열심히 노동해야 합니다. 그래서 늦게 결혼하는 것이 좋습니다.

오늘 여기 모인 분들은 모두 도시 청년들이고, 그 가운데 대부분은 청년학생들입니다. 따라서 마땅히 이렇게 각오해야 합니다. 이것은 결혼하지 않은 청년들에게 한 말입니다. 기혼인 경우에는 산아제한을 해야 합니다. 현재 우리들의 급여 수준은 비교적 낮습니다. 여러 자녀들을 부양하기에는 무리가 따릅니다. 자녀가 많으면 우선 부모들의 건강에 안 좋은 영향을 미칩니다. 엄마가 건강하지 못하면 자녀를 제대로 양육할 수 없으며 자녀 교육에도 많은 어려움이 생기게 됩니다. 장기적으로 보면 이는 인민들의 체질을 개선하고 인민들의 지적 수준을 향상하는 데에도 불리합니다. 우리는 대대로 더욱 나아진 모습을 보여야 합니다.

(『저우언라이 교육 문선』에서 발췌, 144-149쪽)

建议：最好是晚婚，并且节制生育。现在我国人口增长的速度是很快的，全国人口每年平均净增百分之二点三到二点五，也就是净增一千三百万到一千五百万人。一年增长的人相当于一个不很小的国家的人口。我们应该控制我国人口的增长速度，要有一个计划。人不是很聪明吗？我们建设国家，可以搞计划，为什么对我们的家庭，对我们人的生育就没有计划呢？在生育方面没有计划是不行的。尤其是青年，应该趁年轻的时候，利用大好时光增加知识，学点本事，努力劳动，所以最好是晚婚。今天在座的都是城市青年，大多数是学校的青年，应该有这样的自觉性。这是讲没有结婚的，至于结了婚的，就应该计划生育，就要节育。我们当前工资收入还比较低，养育很多儿女也是困难的。儿女多了，首先会影响母亲的健康；母亲不健康也养育不好儿女，对儿女的教育也会增加许多困难。从长远看，这对增强人民的体质，提高人民的智慧，都是不利的。我们应该一代比一代更好。

（选自《周恩来教育文选》，第 144—149 页。）

후기

이 책은 '저우언라이 사상 생애 연구회(周恩来思想生平研究会)' 가 저우언라이 탄신 120주년을 기념하기 위하여 편집한 것이다. 이 책은 청년 저우언라이의 인생에 대한 깨달음, 이상과 추구, 그리고 혁명전쟁에 참가하면서, 특히 국가와 당의 지도자가 된 이후에 젊은이들에 대한 기대와 교훈(敎訓)까지 수록하였다.

이 책은 글이 간결하고 내포한 뜻이 깊어 청년들이 공부하기에 좋은 책이다.

이 책에서 인용한 자료는 주로 중국 공산당 중앙위원회 연구실에서 편집된《저우언라이 선집(周恩来選集)》,《저우언라이 외교문선(周恩来外交文選)》,《저우언라이 교육문선(周恩来敎育文選)》,《저우언라이 문화문선(周恩来文化文選)》,《저우언라이 통일전선 문선(周恩来統一戰線文選)》,《저우언라이 난카이중학 시절 작문(周恩来南開校中作文)》,《저우언라이 일본체류시 일기(周恩来旅日日記)》,《저우언라이 서신 선집(周恩来書信選集)》등의 저작이다.

이 책은 저우언라이 사상 생애 연구회 연구자 랴오신원(廖心文)과 리칭핑(李淸平)이 원고를 선별하고 주석하는 일을 담당했으며, 청년화가 리스강(李世剛), 리스둥(李世東)과 류하이룽(劉海龍)이 모든 삽화를 그렸다. 인민출판사 도전분사(图典分社) 허우쥔즈(候俊智) 사장과 편집자 류자(劉佳)가 출판을 담당했다.

저우언라이 사상 생애 연구회
2017년 8월

后记

本书是周恩来思想生平研究会为纪念周恩来诞辰120周年编辑的。书中主要收录了周恩来青少年时期对人生的感悟、理想和追求；参加革命特别是担任党和国家领导人之后，对青年一代的期望和教诲。文字简洁，内涵深刻，是一部适合青少年学习的读本。

书中所引资料主要来自中公中央文献研究室编辑的《周恩来选集》《周恩来外交文选》《周恩来教育文选》《周恩来文化文选》《周恩来统一战线文选》《周恩来南开校中作文》《周恩来旅日日记》《周恩来书信选集》等著作。

本书由周恩来思想生平研究会廖心文、李清平负责选稿、注释工作，青年画家李世刚、李世东、刘海龙绘制了所有插图。人民出版社图典分社社长候俊智、编辑刘佳承担了出版方面的工作。

周恩来思想生平研究会

2017年 8月